Karl Richard Lindscheid

Spuren

Roman

AF139400

Karl Richard Lindscheid

Spuren

Roman

Bibliografische Information der Deutschen Nationalbibliothek
Die Deutsche Nationalbibliothek verzeichnet diese Publikation in der Deutschen Nationalbibliografie; detaillierte bibliografische Daten sind im Internet unter http://dnd-dnb.de abrufbar.

Herstellung und Verlag: Books on Demand, Norderstedt
ISBN 9 783734 766732

Widmung

„... und das Klavier spielte die Melodie, vom Orchester nur in ganz zarten Triolen begleitet, eine Melodie, die sich in die Höhe schwang, wieder zurückkehrte, um sich erneut in die Höhe zu schwingen. Wie von einem anderen Stern erklang die Musik."
Aus „Spuren"

Mehr als vierzig gemeinsame Jahre – eigentlich unbegreiflich, unvorstellbar, unglaublich.

Für Annette

Vorbemerkung

Die Orte, die in diesem Roman vorkommen, existieren wirklich, auch Straßen, Wege, Fähren, Deiche bzw. Deichvorländer, Bänke, Aussichtstürme, die Wanderdüne und vieles mehr, kurz gesagt, die ganze Landschaft der unteren Elbtalaue, eine Kulturlandschaft mit einem ganz eigenen Charme. Auch das Grab des Schriftstellers und der dazugehörige Gedenkstein des Bildhauers sind real. Der Autor verneigt sich respektvoll vor diesen beiden Künstlern.

Ein Musikfestival in Hitzacker gibt es auch realiter, allerdings hat der Autor keine Kenntnis von Räumlichkeiten, Aufführungspraxis und organisatorischen Dingen. Er kennt auch keine dort auftretenden Künstler oder Besucher. Die Musikstücke, die in diesem Roman fiktiv in Hitzacker aufgeführt werden, gibt es natürlich, sämtlich Musikstücke, die man hören sollte, besser noch, mit denen man sich auseinandersetzen sollte.

Für die handelnden Personen gilt, dass sie gänzlich der Phantasie des Autors entsprungen sind. Ähnlichkeiten mit lebenden Personen wären ausschließlich zufälliger Natur und auf keinen Fall gewollt.

Eine einzige Ausnahme gibt es allerdings: Ein sympathischer älterer Herr hat dem Autor etwas von sich erzählt, welches dem, was Meinolf in dem Kapitel „Himbergen" erfährt, ähnlich ist.

Inhalt

Die Fahrt   1

Pastorale   13

Himbergen   49

Kathrin   63

Notturno   97

Das Festival   105

Die Wanderdüne   155

Tom Pütz   173

Epilog   205

Die Fahrt

Meinolf bog an der Ampel ab und fuhr auf den Parkplatz des Supermarktes, um hier die Lebensmittel für die nächsten Tage einzukaufen. Er hielt an, zog die Handbremse an und stellte den Wagen ab. Gewohnheitsmäßig fasste er in die Brusttasche seines Hemdes und zog einige Papierchen heraus, die er sortierte und inspizierte. Da war ein Gutschein von einer Autobahntoilette, den er vergessen hatte einzulösen, eine Quittung von einem Autobahnbistro und ein Kärtchen von einem Autoexporteur, einem Kärtchenhändler, wie es im Jargon hieß, welches er wohl vor der Fahrt aus der Dichtung der Fahrertür genommen und eingesteckt haben musste, aber das war es auch schon, die Einkaufsliste fehlte. Meinolf seufzte. Es passte alles. Auch die Fahrt war aus seiner Sicht abenteuerlich gewesen: Die Scheibenwischer waren bis kurz vor Celle entweder auf Normalstellung oder im Schnellgang gelaufen, der kleine Wagen hatte auf der Autobahn wegen heftiger Böen in den Spurrillen der rechten Spur mehr geschlingert als sonst und wenn sich kein Aquaplaning bemerkbar gemacht hatte, dann hatte er sich von Lastwagen oder Bussen unnötig gescheucht gefühlt. Er war froh, dass er heil bis hierhin gekommen war. Jetzt noch den Einkauf erledigen, etwa zehn Kilometer fahren, noch einen Deichspaziergang oder eine kleine Fahrradtour machen, dann stellte sich wahrscheinlich das Gefühl ein, auch wirklich an der Elbe angekommen zu sein. Meinolf verschloss seinen Wagen und bewegte sich in den Supermarkt hinein.

Meinolf stellte die Sachen, die er eingekauft hatte, zwischen den Fahrersitz und die Rückbank, das war sicherer, da konnten die Tüten nicht umkippen. Er freute sich auf sein Quartier, es würde sein wie immer, startete den Wagen und fuhr los. Hinter Nebenstedt kam Tempo siebzig und Meinolf ging vom Gas. Bei dem nächsten Schild, das Tempo fünfzig verlangte, drosselte Meinolf das Tempo weiter. Er kannte diese Strecke, hier gab es einen Starenkasten, der dem Landkreis schon einige Millionen eingebracht hatte. Ein Lastwagen, der die Gegebenheiten wohl nicht kannte, fuhr dicht auf und blinkte und hupte, aber Meinolf ließ sich nicht nötigen, auch wenn ihn dieses Manöver stresste. Gleich käme ohnehin die Stelle, an der er hinter dem ehemaligen Forsthaus Seybruch nach links abbiegen musste. Er betätigte den Blinker und verlangsamte weiter das Tempo. Ein rotes Licht auf einer Kelle irritierte ihn. Vor dem Forsthaus stand eine Polizeistreife und winkte ihn heraus. Meinolf schaltete den Blinker nach rechts um, fuhr notgedrungen auf den Parkplatz vor dem alten Forsthaus und öffnete das Fenster.

„Polizeikontrolle, Ihre Papiere bitte." Eine dieser modernen Arbeitsgruppen, Polizeibeamtin und Polizeibeamter, stand neben Meinolfs Auto.
Meinolf suchte nach Führerschein und Kraftfahrzeugschein. „Hier bitte."
„Danke", sagte die junge Polizistin. Sie hatte dunkle Haare und trug einen Pferdeschwanz, während sie der ältere Polizist so bewachte, als wollte Meinolf gleich einen Raubmord begehen. Sie nahm die Papiere, studierte sie und glich alles mit einem Lesegerät ab. Dann gab sie die Papiere an Meinolf zurück. „Alles in Ordnung. Wir hätten allerdings noch einige Fragen."

„Was für Fragen?" Meinolf dachte an den Laster, der ihn gescheucht hatte, „Sie denken doch sicher an den Lastwagen, der hinter mir fuhr und mich angeblinkt hat. Ich habe mich an die Geschwindigkeit gehalten, aber der wollte, dass ich schneller fahren sollte."

„Den packen wir das nächste Mal." Der Polizeibeamte mischte sich ein. „Heute wollen wir nur von Ihnen wissen, ob Sie Medikamente nehmen. Es geht um eine Feldstudie zur Fahrtauglichkeit unter Medikamenten."

„Ich nehme keine Medikamente"; sagte Meinolf.

„Gut." Die Polizistin übernahm wieder das Gespräch. „Dürfen wir bei Ihnen ein paar Tests machen? Ich müsste Sie aber dazu aus Ihrem Auto herausbitten. Es ist natürlich völlig freiwillig."

„Wie lange brauchen Sie dazu?" Meinolf stieg aus seinem Wagen.

„Höchstens drei Minuten." Die junge Polizistin lächelte ihn freundlich an.

„Na gut", sagte Meinolf, „wenn Sie mir dafür gleich den Weg in die Straße nach Damnatz freihalten könnten. Da will ich nämlich hin."

„Das lässt sich machen." Die freundliche Polizistin nahm eine Lampe aus ihrer Jackentasche. „Blicken Sie bitte auf diese Lampe." Sie bewegte die Lampe vor Meinolfs Augen hin und her und Meinolf folgte mit seinen Blicken der Lampe.

„Gut. Und jetzt gehen Sie bitte auf dieser Linie hier." Meinolf folgte der weißen Linie, die hier auf dem Boden eingezeichnet war.

„Das ist alles sehr gut. Zum Schluss möchte ich Sie bitten, sich auf ein Bein zu stellen."

„Wozu?" fragte Meinolf. „Auf dem rechten Bein kann ich sehr gut stehen." Er machte es vor. „Aber nur auf dem linken Bein konnte ich noch nie stehen. Sehen

Sie." Er versuchte, auf dem linken Bein zu stehen, aber musste diesen Versuch nach wenigen Sekunden abbrechen. Jetzt werden Sie wahrscheinlich noch einen Atemtest auf Alkohol machen wollen."

„Nein, das ist völlig in Ordnung", sagte die Polizistin und lächelte noch freundlicher als beim ersten Mal, „das nennt man eine Koordinationsschwäche. Auf alle Fälle danken wir Ihnen für die Mitarbeit. Ich nehme mal an, Sie wollen in Damnatz Urlaub machen?"

Meinolf nickte.

„Dann wünsche ich einen schönen Urlaub." Die Polizistin schien ausgezeichnet geschult zu sein.

„Vielen Dank, aber wie komme ich bei dem Verkehr hier von diesem kleinen Parkplatz wieder auf die Bundesstraße?" fragte Meinolf.

„Wir ziehen unseren Wagen auf die Bundesstraße vor und Sie biegen vor uns ein. Wir sperren Sie sozusagen frei. Wie Sie dann allerdings nach links nach Damnatz abbiegen, ist Ihre Sache. Da müssen Sie sich wieder als normalen Verkehrsteilnehmer betrachten. Steigen Sie schon mal ein und warten bitte einen Moment."

Meinolf setzte sich in seinen Wagen und die Polizistin ging zu ihrem Kollegen, der sich etwas zurückgezogen hatte. Wahrscheinlich hatte er sich von Meinolfs Harmlosigkeit überzeugt. Meinolf hatte das Fenster noch offen und hörte Gesprächsfetzen.

„Bei der nächsten Kontrolle mischst Du Dich nicht noch mal ein", hörte er die junge Polizistin sagen, „das ist meine Feldstudie und Du glaubst ja gar nicht, wie gut die Ergebnisse sind."

„Ist ja gut", sagte der ältere Polizist, „ist ja gut. Ich wollte Dir nur helfen bei dem angenervten Typ in dem Kleinwagen. Allerdings, wenn ich so einen Wagen fahren müsste, wäre ich schon genervt, wenn ich den Wagen nur sähe."

„Also, das ist klar, bei der nächsten Kontrolle hältst Du Dich zurück. Du gehst demnächst in Pension, aber ich möchte noch Dienstgruppenleiterin werden."

„Ja, ja, natürlich", hörte Meinolf den älteren Polizisten brummen, „so wie Du Dich aufführst, wirst Du es bis zur Dezernentin schaffen."

„Dann ist es ja gut. Und jetzt ziehen wir unseren Wagen auf die Straße vor und stoppen den Verkehr, damit es auch unser Proband wieder auf die Bundesstraße schafft. Aber Du hast völlig recht, so ein Auto zu fahren und dann noch in Damnatz Urlaub zu machen, das würde mich auch nerven."

Meinolf sah zu, wie der Polizeiwagen mit blauem Blinklicht auf die Bundesstraße fuhr, den Verkehr stoppte und die Straßenseite für ihn freigab. Er gab Gas und fädelte sich auf die Bundesstraße ein, um sich gleich danach auf die Abbiegerspur nach Damnatz einzuordnen. Er ließ eine Kolonne vorbei, danach konnte er nach links in die Kreisstraße einbiegen. Ein dunkles Waldstück kam und es war sinnvoll, langsam zu fahren, weil Radfahrer und Wildtiere hier schlecht zu sehen waren. Als er das Waldstück durchquert hatte, drehte Meinolf am Rückspiegel und versuchte, sein Gesicht zu betrachten. Sah er wirklich so genervt aus? Er fand sein Aussehen im Spiegel ganz normal und drehte diesen wieder in seine Ausgangsstellung zurück. Die junge Polizistin war freundlich zu ihm gewesen, keine Frage, aber sie war auch durchsetzungsstark, wie er in dem erlauschten Gespräch mit ihrem Kollegen mitbekommen hatte. In dieser Beziehung war sie Janine nicht unähnlich. – Wie konnte man nur von jetzt auf gleich ausziehen, ohne ein Gespräch, ohne die

Angabe von Gründen und sich dann nie wieder persönlich melden? Es war schön mit Dir, es war unerträglich mit Dir, Du bist ein Arschloch, damit hätte man doch leben können, vielleicht noch ein Händedruck oder eine wüste Szene mit Beschimpfungen oder Geifern, aber nur ein Zettel mit „bin weg", das war doch wirklich völlig daneben. – Meinolf kam an das Ortsschild von Damnatz. Er drosselte die Geschwindigkeit, im Ort war Tempo dreißig vorgeschrieben, bog in eine Seitenstraße ab und hielt auf dem Grünsteifen vor dem Ferienhaus. Es war schön, erst einmal ohne größere Probleme angekommen zu sein.

Meinolf schloss den Wagen ab, dann öffnete er ihn wieder. Hier im Ort würde man das Abschließen eines Wagens, nur um sich die Schlüssel für eine Ferienwohnung zu holen, möglicherweise als grobe Unhöflichkeit ansehen. Er ging zum Nachbarhaus, wo seine Gastgeber wohnten, um sich anzumelden und die Schlüssel für seine Ferienwohnung in Empfang zu nehmen. Er schellte, ein Hund schlug an und Meinolfs Vermieterin stand in der Tür. „Herr Schmitz, so früh schon! Das finde ich schön. Dann haben Sie ja doch gar nicht so viele Staus gehabt wie befürchtet."
„Nein, Frau Beyer, es gab wider Erwarten keine Staus. Ich konnte sogar noch einkaufen. Allerdings war ich gerade noch in einer Verkehrskontrolle, aber ohne Drogen- oder Alkoholbefund."
„Da haben Sie ja wirklich Glück gehabt." Frau Beyer lachte herzlich und schüttelte Meinolf die Hand. „Noch einmal herzlich willkommen. Herr Schmitz, ich habe Sie gestern nicht erreichen können, wir haben ein ganz kleines Problem. Nach meiner Überzeugung aber kein großes."

„Ich muss gestehen, dass ich gestern mein Handy ausgeschaltet hatte", sagte Meinolf, „aber um welches Problem handelt es sich denn?"

„Es geht um die Wohnung, die für Sie reserviert war, genauer gesagt, um Apfelbäumchen. Diese Wohnung war bis heute Morgen für Familie Berenberg vorgesehen und ab heute Nachmittag eigentlich für Sie, aber Frau Berenberg ist vor einigen Tagen gestürzt und hat sich das Schlüsselbein gebrochen. Es geschah oben auf dem Deich, die Schnürriemen der Schuhe hatten sich in den Ösen verheddert und da ist sie gefallen. Der Notarzt war da und hat sie mitgenommen. Jetzt liegt sie in der Jeetzel-Klinik und wird operiert, sobald sich der Bluterguss zurückgebildet hat. Herr Berenberg konnte natürlich nicht pünktlich ausziehen, er muss ja täglich nach seiner Frau sehen und Ausweichquartiere sind wegen des Festivals knapp; aber sobald er eine andere Unterkunft hat, wird er ausziehen. Das Problem liegt auf der Hand: Apfelbäumchen ist noch nicht frei. Ihrem Urlaub steht aber nichts im Wege, Sie können zunächst einmal in die Orchidee ziehen und wie wir dann hinterher verfahren, werden wir noch sehen."

„Also die Wohnung danebene?" fragte Meinolf.
„Ja genau, die Orchidee liegt daneben und ist genauso groß wie Apfelbäumchen, nur sind die Zimmer eben anders angeordnet: Das Schlafzimmer ist oben und das Wohnzimmer ist unten, während es beim Apfelbäumchen genau umgekehrt ist. Aber das wissen Sie ja wahrscheinlich."
Na ja, wollte Meinolf sagen, aber er verbiss es sich.
„Selbstverständlich Frau Beyer, überhaupt keine Frage. In der Orchidee haben sicherlich schon viele andere

Menschen einen schönen Urlaub verbracht. Und Frau Berenberg wollen wir nur das Allerbeste wünschen."

„Vielen Dank für Ihr Verständnis", sagte Frau Beyer. Es klang erleichtert. Ein kräftig gebauter und groß gewachsener Mann kam aus dem Keller die Treppe zum Flur hoch. Heinfried Beyer-Moll war ein gefragter Maler, aber sein Künstlertum hängte er niemals heraus. Er trug schwarze Jeans und ein grünes Hemd, wie es Förster oder Jäger trugen. „Herr Schmitz, hoher Besuch. Herzlich willkommen." Er schüttelte Meinolf die Hand. „Mal wieder Urlaub im Wendland, das ist ja schön. Sie haben ja schon gehört, Apfelbäumchen ist noch nicht frei, aber in der Orchidee können Sie noch viel besser schlafen, da sind Sie dem Sandmännchen eine ganze Etage näher." Er lachte fröhlich.

„Das stimmt", sagte Meinolf. Im Grunde war es doch egal, in welcher Etage er schlief, aber dieses schnelle Sich-Einstellen auf eine neue Situation war nicht seine Stärke. „Was macht die Malerei?"

„Mein Mann hat derzeit eine Ausstellung in Arendsee", sagte Frau Beyer nicht ohne Stolz, „die Eröffnung ist zwar bereits vorbei, aber alle Arbeiten hängen noch bis zum nächsten Wochenende."

„Zwanzig Arbeiten hängen da", fügte Heinfried Beyer-Moll hinzu, „und unter acht Arbeiten befindet sich bereits ein kleiner roter Aufkleber. Das heißt verkauft. Manchmal werde ich gefragt, welche Werke ich für meine besten halte. Dann sage ich immer: Die besten Arbeiten sind die verkauften." Er lachte wieder und es klang fröhlich, für Meinolf vor allem glaubwürdig.

„Künstlerisch ist meine Frau aus meiner Sicht weiter. Was die da planerisch bei den Ferienwohnungen auf die Beine gestellt hat, das ist wirklich phantastisch. Und was sie hier als Gastgeberin auf die Beine stellt, zum Beispiel jetzt das Organisatorische aufgrund des Unfalls, nötigt mir allen Respekt ab."

„Lass es gut sein", lenkte Frau Beyer ab. „Herr Schmitz, hier sind die Schlüssel für die Orchidee. Und hier sind die Schlüssel für das Leihfahrrad, das Sie bestellt haben. Sie wollten es doch für volle drei Wochen?"
„Ja natürlich", sagte Meinolf, „für volle drei Wochen. Mit einem Wagen wie diesem möchte ich nicht noch ein Fahrrad transportieren."
„Das kann ich verstehen", sagte Frau Beyer mit einem Blick auf Meinolfs Wagen und händigte ihm einen Schlüsselbund sowie einen Einzelschlüssel aus. „So wie ich Sie kenne, wollen Sie sicher erst mal in Ruhe auspacken und sich an die Wohnung gewöhnen. Das Leihfahrrad ist schon im Schuppen."
„Genau", sagte Meinolf. „Ich werde erst einmal auspacken und die Orchidee beziehen. Und dann werde ich eine kleine Fahrradtour machen. Wenn ich zurück bin, werde ich das Gefühl haben, richtig in dieser Gegend angekommen zu sein."
„Viel Spaß", sagte Frau Beyer."

Meinolf nahm zunächst die Tüten mit den Einkäufen aus dem Wagen und brachte deren Inhalt im Kühlschrank und im Küchenschrank unter, danach lud er sein Gepäck aus und trug es in die Wohnung. Er öffnete die Taschen und verstaute deren Inhalt in den Schränken teils im Wohnzimmer, teils im Schlafzimmer. Beyers fand er nett. Sie waren freundlich, aber nicht aufdringlich und es war schön zu sehen, wie sie miteinander umgingen. An die Wohnung musste er sich erst einmal gewöhnen. Hier war alles anders als sonst. Vielleicht ergab sich ja noch ein

Umzug ins Apfelbäumchen. Meinolf packte die kleineren Gepäcktaschen so zusammen, dass sie sämtlich in der größten Tasche Platz fanden. Darin hatte er System. Diese Tasche verstaute er auf dem Schrank im Schlafzimmer. Dort war sie am wenigsten sichtbar. Es schien ihm so, als ob Frau Beyer ein wenig nervös gewesen wäre. Es hatte so umständlich geklungen, als sie ihm die Geschichte von dem Unfall und der noch nicht freien Wohnung erzählte. Lag das an ihm?

Als Meinolf sich zum Fahrradfahren umzog, fand er in der Brusttasche seines Hemdes die Papierchen, die er schon auf dem Parkplatz des Supermarktes inspiziert hatte. Eine Quittung und das Kärtchen von dem Autoexporteur warf er in den Mülleimer unter der Spüle. Den Gutschein von der Autobahntoilette sah er sich noch einmal, dann legte er ihn auf die Fensterbank. Das hatte er noch nicht erlebt: Sämtliche Toilettenräume waren anstelle von Bildern mit Schildern ausgestattet gewesen, die entweder Werbung für irgendwelche Prostatamittel machten oder darauf aufmerksam machten, dass jeder fünfte Mann unter vorzeitigem Samenerguss litte und doch bitte deswegen einen Arzt aufsuchen sollte. Ob es eine gemeinsame Aktion von Apothekern und irgendeinem Urologen-Verband war, konnte er nicht sagen, aber es kam ihm so vor. So etwas war nicht in Ordnung, es war nicht richtig, immer noch ein neues Fass aufzumachen und neue Ängste zu schüren. Als ob das Leben nicht kompliziert genug war. Er legte sein Handy und die Geldbörse nebeneinander in seinen Lenkerrucksack, dann stellte er noch ein Zigarettenpäckchen und ein Feuerzeug daneben. Er rauchte nicht viel, aber es gab da eine Bank in wenigen Kilometern Entfernung, auf der er immer gerne saß und bei einer Zigarette den Blick auf die Elbe und eine alte Brücke genoss. Das gehörte einfach zusammen. Meinolf verschloss die Haustür und ging zum Fahrradschuppen, während er den Haustürschlüssel neben das Feuerzeug in seinen Lenkerrucksack legte.

Pastorale

I

Meinolf lehnte sein Fahrrad an die Bank an. Das erschien ihm sicherer, als sich auf den Fahrradständer zu verlassen, denn kippte das Rad, wäre es mit der Ordnung im Lenkerrucksack nicht mehr weit her, und auch das Handy könnte Schaden nehmen. Meinolf setzte sich und versuchte, den Blick auf die alte Brücke, dahinter die Elbe, zu genießen. Er überlegte, ob er sich eine Zigarette anzünden sollte, normalerweise war es für ihn eine schöne Angewohnheit, hier eine Zigarette zu rauchen, aber er ließ es. Wahrscheinlich hatte ihn die Autofahrt doch mehr angestrengt, als er es wahrhaben wollte.

Die Brücke vor ihm, die früher über die Elbe geführt hatte, war in den letzten Kriegstagen gesprengt worden und jetzt ein Torso, der mitten im Grünland vor dem Fluss abbrach, pittoresk und archaisch zugleich. Jenseits der Elbe war eine kleine Festung aus roten Ziegeln zu sehen. Meinolf versuchte, sich auf das gesamte Panorama zu konzentrieren, es gelang ihm nicht. Es war frischer geworden seit seiner Abfahrt von der Ferienwohnung. Auf dem Rückweg hätte er Gegenwind zu erwarten und an die Wohnung Orchidee würde er sich erst einmal gewöhnen müssen. Sicher, Frau Beyer hatte sich organisatorisch alle nur erdenkliche Mühe gegeben, aber so richtig gefallen wollte Meinolf die Situation nicht. Ein Schlafzimmer in der oberen Etage bedeutete nicht zuletzt, nachts auch einmal nach unten gehen zu müssen, natürlich nur eventuell, aber immerhin nicht ausgeschlossen. Meinolf ärgerte sich über die Ausstattung der Autobahntoilette, die er aufgesucht hatte, mehr noch über sich, dass er auf die Schilder, die sich an den Wänden befunden hatten, so abgefahren war. Er stand auf und bestieg sein Fahrrad. Er bemerkte bald, wie erwartet, dass ein kleinerer Gang für die Rückfahrt angezeigt war.

Der Fahrradweg führte am Friedhof vorbei. Meinolf ließ sein Rad vom Deich herunterrollen und lehnte es am Friedhofszaun neben dem Eingang an. Er nahm den Lenkerrucksack aus der Halterung, das Rad ließ er unverschlossen; das war hier in der Gegend völlig üblich, allerdings hatte Meinolf sich an diese Tatsache erst gewöhnen müssen. Er öffnete das Tor zum Friedhof. Es bestand aus demselben Spriegelzaun wie der übrige Zaun, der den Friedhof umgab. Meinolf kannte den Weg zum Grab des Schriftstellers; als er es früher zum ersten Mal aufgesucht hatte, hatte er suchen müssen. Der Gedenkstein auf dem Grab des Schriftstellers bestand aus weißem Marmor, es war ein klobiger, eindrucksvoller Kubus, der von dem Künstler, der ihn geschaffen hatte, nur sparsam modelliert worden war. Daneben befand sich auf dem Grab ein Grabstein mit dem Namen des Schriftstellers. Meinolf blieb einige Zeit vor dem Grab stehen, ohne eigentlich zu wissen, was er da tat, dann wandte er sich um, um zum Fahrrad zurückzugehen. Einige Gräberreihen weiter war eine Frau damit beschäftigt, kniend ein Grab zu jäten, das Werkzeug in der verarbeiteten Hand. Sie blickte auf. „Guten Tag."

„Guten Tag", antwortete Meinolf und bemühte sich, ein freundliches Gesicht zu machen. Er ging noch ein Stück, öffnete und verschloss die Friedhofstür und ließ seinen Lenkerrucksack mit einem sanften Klick in die Halterung einrasten. Warum hatte er die jätende Frau nicht auf dem Hinweg zum Grab des Schriftstellers bemerkt? Hatte er so lange vor dem Grab gestanden oder hatte er für den Hin- beziehungsweise Rückweg einen anderen Weg genommen? Er wusste es nicht mehr.

Meinolf überlegte, ob er zuerst duschen und dann essen sollte oder umgekehrt, dann entschied er sich für das Essen. Er nahm zwei Toastscheiben aus dem Kühlschrank, gab, nachdem er Butter auf diese gestrichen hatte, auf die eine Salamischeiben, auf die andere Schinken, danach strich er Meerrettich darüber und bestreute die Scheiben mit Käse zum Überbacken. Er stellte den Backofen an, nachdem er vorher das Backblech herausgezogen hatte. Wenigstens in der Küche war die Anordnung des Küchenblockes so, wie er das vom Apfelbäumchen gewohnt war. Nachdem der Backofen die eingestellte Temperatur erreicht hatte, schob Meinolf das mit den beiden Toastscheiben beladene Backblech in den Ofen. Er fand einen Kurzzeitwecker in einer Schublade, drehte ihn auf zehn Minuten und wartete, bis es klingelte.

Meinolf öffnete die Backofentür. Der Käse auf den Toastscheiben war leicht zerlaufen und zeigte eine leichte Bräunung. Meinolf legte die beiden Toastscheiben mit einem Pfannenmesser auf einen Teller und bemühte sich dabei, keinen Käse auf das Backblech fließen zu lassen. Das ersparte ihm das Abspülen des Backblechs. Er stellte den Backofen ab, nahm Gabel und Messer aus einer Schublade und begann, die beiden Toasts zu verzehren. Es war merkwürdig, erst jetzt konnte er sich an die Episode erinnern, die er auf der Bank vor der Brücke mit Blick auf die Elbe erlebt hatte: Ein Greifvogel hatte einen Fisch gefangen, der war ihm wiederum von einem anderen abgejagt worden. Der zweite Greif kam aber auch nicht dazu, den Fisch zu fressen, weil sich Krähen um ihn herum gesetzt hatten, jede seiner Bewegungen beobachteten und gelegentlich Attacken flogen. Zuletzt war der zweite Greif unter Hinterlassung seiner Beute davongeflogen.

Meinolf legte Messer und Gabel beiseite. Der Teller war leer. Er legte Besteck und Geschirr in die Spüle, ließ warmes Wasser einlaufen und tropfte etwas Spülmittel ins Wasser. Dann fiel ihm ein, dass es in dieser Ferienwohnung ja eine Spülmaschine gab. Die würde ab dem nächsten Tag benutzen. Von der Fensterbank nahm er den Lenkerrucksack, den er nach seiner kurzen Tour dort hingelegt hatte, holte Zigarettenpäckchen und Feuerzeug heraus und setzte sich vor die Tür der Ferienwohnung auf einen Gartenstuhl neben einen Tisch mit einem Aschenbecher. Er steckte sich eine Zigarette an und inhalierte einige Züge. Gleich würde es dämmrig werden und Meinolf hatte vor, früh zu Bett zu gehen.

Er hörte Schritte. Ein alter Mann schob sein Fahrrad zu einem Klinkerbau, der durch einen Zaun aus Maschendraht von dem Grundstück mit den Ferienwohnungen getrennt war. Meinolf hatte dieses Haus immer so gesehen, als gehöre es zu dem Ensemble der nebeneinanderliegenden Ferien-wohnungen, er hatte sich nie Gedanken darüber gemacht, ob dieses Haus bewohnt wäre oder wer denn da vielleicht darin hätte wohnen können.

„Guten Abend", sagte er zu dem alten Mann, der sein Fahrrad inzwischen am Haus angelehnt hatte und die hölzerne Stiege zur Eingangstür hinaufstieg.

Der alte Mann blieb stehen und blickte sich um. „Ach ja. Guten Abend. Habe Sie gar nicht gesehen." Er ging die letzten Stufen und öffnete die Tür zu seinem Klinkerbau, die unverschlossen war. „Noch eine Zigarette genießen?"

„Ja", sagte Meinolf und machte noch einen Zug aus seiner Zigarette, „den Tag bei einer Zigarette ausklingen lassen und dann früh zu Bett gehen."

„War noch ein Bier trinken", sagte der alte Mann, „aber ich gehe auch früh ins Bett."

„Wo", fragte Meinolf, „im Jägerhof?"

An der Tankstelle", sagte der alte Mann. „Ich war mal Bauer hier. Das Haus ist selbstgebaut. Das haben mein Vater und ich gemacht. Schönen Abend noch." Er ging ins Haus und schloss die Tür hinter sich.

„Guten Abend", wollte Meinolf noch sagen, aber er ließ es, weil sein Gesprächspartner schon weg war. Er rauchte seine Zigarette zu Ende und drückte sie im Aschenbecher aus. Über der Tür des Hauses, in dem der alte Bauer gerade verschwunden war, stand auf schwarzem Grund eine weiße zweistellige Zahl, die allerdings nicht sicher zu identifizieren war, da sie zum Teil übermalt war. Möglicherweise war es eine Achtzehn, möglicherweise auch eine Vierzehn. Meinolf hatte das bei seinen früheren Aufenthalten hier nicht bemerkt, vielleicht lag es ja daran, dass Orchidee und Apfelbäumchen unterschiedliche Blickwinkel boten.

Meinolf stand auf und ging in seine Ferienwohnung zurück. Er spülte Geschirr und Besteck, trocknete alles ab und legte die Sachen in den Schrank beziehungsweise die Schubladen zurück. Für den nächsten Tag hatte er eine Fahrradtour vorgesehen. Er überprüfte: Thermoskanne (auf dem Küchentisch), Brot (auf der Küchenzeile neben dem Wasserkocher), Käse (im Kühlschrank), Mineralwasser (auf dem Boden unter der Treppe) sowie Ladezustand des Handys (auf dem Fensterbrett). Alles schien in Ordnung. Der Gutschein von der Autobahntoilette, auf der er tagsüber gewesen war, neben dem Ladegerät auf der Fensterbank liegend, fiel ihm auf. Er schüttelte den Kopf. Vor nichts war man sicher. Da sollten nur Ängste geschürt werden. Er schloss die Haustür ab, danach duschte er und ging nach oben ins Schlafzimmer, dabei sorgfältig die Stufen zählend. Es waren sechzehn Stufen, die ersten bildeten eine Kurve. Das könnte wichtig sein, wenn er nach unten müsste.

II

Meinolf erwachte. Offensichtlich hatte ein Vogelgesang seinen Schlaf gestört. Der Vogel musste in unmittelbarer Nähe zu dem Schlafzimmerfenster sitzen, welches Meinolf auf Kippe gestellt hatte. Meinolf setzte sich auf und lauschte. Es gab schöne Passagen in dem Gesang, es gab aber auch sehr unschöne, weil kratzige und völlig unharmonische Passagen. Meinolf beschloss, diesem Vogel auf die Spur zu kommen, es gab ja genügend CDs mit Vogelstimmen. Vielleicht gab es in Dannenberg einen Laden, der dergleichen führte. Er blickte auf die Uhr. Viertel nach Fünf, das war eigentlich noch viel zu früh zum Aufstehen. Außerdem waren die Brötchen nicht vor halb acht da. Dennoch setzte Meinolf sich auf die Bettkante. Die Blase meldete sich. Hatte die Ausstattung der Autobahntoilette mit diesen üblen Schildern und Aufschriften ihn schon so manipuliert? Seufzend stand er auf. Zuerst schloss er das Fenster, dann tastete er sich die Treppe herunter. Sechzehn Stufen waren zu bewältigen und auch die Kurve war zu berücksichtigen.

Meinolf musste noch einmal eingeschlafen sein. Als er erwachte, war es trotz der Vorhänge hell im Zimmer. Die Uhr zeigte fast acht Uhr. Acht Uhr war eine gute Zeit, obwohl Meinolf sich wunderte, dass er nahezu zwölf Stunden hatte schlafen können. Er stand auf und ging nach unten ins Bad, dann zog er sich für die geplante Fahrradtour an. Er schloss die Tür auf. Die Brötchen hingen wie immer in einer Plastiktüte an einem Haken neben der Tür. Es war nicht nötig, mit

Frau Beyer über die Brötchen zu sprechen, das hatte sich einreguliert. Er nahm immer zum Frühstück zwei Brötchen und die Beyers nahmen es immer auf sich, jeden Morgen zehn Kilometer zu fahren, damit alle Feriengäste morgens über frische Brötchen verfügen konnten.

Meinolf bereitete das Frühstück vor, dann frühstückte er: Brötchen mit Marmelade und Aufschnitt, ein weiches Ei, dazu trank er Kaffee. Er legte die Esswaren in den Kühlschrank zurück und belud die Spülmaschine. Dann bereitete er seine Tour vor: Vier Scheiben Vollkornbrot mit Käse, das hielt länger vor als Weißbrot (Toastscheiben nahm er nur zum Abendbrot), eine Thermoskanne voller Tee mit Zitrone und Zucker und einen Liter Mineralwasser. Die Brote und ein hartgekochtes Ei kamen in eine Plastikschachtel, darüber ein Blatt von einer Haushaltsrolle. All diese Dinge machten ihn unabhängig von der Gastronomie, die in diesem Landstrich rar war und schonten überdies sein Portemonnaie. Er legte die Sachen in eine Packtasche, obendrauf kam eine Regenjacke, dann kümmerte er sich um seinen Lenkerrucksack und überprüfte noch einmal die Lage von Portemonnaie, Handy, Zigaretten und Feuerzeug. Die Schlüssel für Wohnungstür und die Tür des Fahrradschuppens würde er zuletzt hineinlegen. Meinolf überlegte, ob eine Fahrradkarte nötig wäre; eigentlich kannte er die Strecke gut, die er geplant hatte, aber es war nie verkehrt, eine Karte mitzunehmen. Er steckte die Fahrradkarte dazu und verschloss den Lenkerrucksack.

Meinolf überquerte die Elbe auf dem Radweg, der neben der breiten Bundesstraße verlief. Über dem

Strom angekommen, hielt er an. Direkt über ihm befand sich der höchste Punkt des stählernen Bogens, der diesen zentralen Teil der Brücke trug, unter ihm floss die Elbe. Ein offensichtlich Testosteron gesteuerter Motorbootfahrer fuhr eine kurze Strecke mit Vollgas stromauf, dann wendete er mit einem haarsträubenden Manöver, um den Rückweg wieder mit Vollgas, diesmal in Schlangenlinien, zu absolvieren. Zur Nordseite der Elbe hin lag die kleine Festung aus roten Ziegeln, die die Stadt Dömitz einst geprägt hatte – Fritz Reuter, der Schriftsteller, hatte hier seine „Festungstied" abgesessen – und deren Anblick Meinolf liebte; es wirkte so vertraut, genauso wie das Panorama dieser Festung mit der alten Eisenbahnbrücke im Vordergrund, welches er am gestrigen Tage leider nicht hatte genießen können. Auch heute konnte er sich an dem Panorama nicht wie erhofft erfreuen, das Motorboot mit seinem Fahrer störte doch erheblich. Milde resignierend setzte Meinolf seine Fahrt über die Brücke fort. Hinter der Brücke bog er bei der ersten Gelegenheit nach rechts ab. Der Weg führte ihn bis zu einem Yachthafen. Er folgte der Bundesstraße durch den Ort – hier gab es einen Fahrradweg – bis diese, Dömitz verlassend, nach rechts abknickte und jetzt parallel zur Löcknitz verlief, einem Fluss, der an dieser Stelle die Grenze zwischen Mecklenburg-Vorpommern und Brandenburg markierte.

Es war nicht das erste Mal, dass Meinolf sich darüber ärgerte, dass es ausgerechnet an dieser Bundesstraße, über die ja auch der Elbe-Radweg verlief, keinen eigenen Fahrradweg gab, aber das war nun schon seit Jahren so, und es würde sich in den nächsten Jahren wahrscheinlich auch nichts mehr daran ändern. Überall war das Geld knapp und zwei Kilometer Fahrradweg mehr würden wahrscheinlich auch nicht mehr Fahrradtouristen in diese Gegend bringen. Meinolf beschleunigte sein Rad, um möglichst schnell von dieser Bundesstraße herunterzukommen. Er zählte die Autos, die ihn überholten oder ihm entgegenkamen, bis er zu der Stelle kam, an der der Radweg die Bundesstraße verließ: Drei Autos hatten ihn überholt und fünf waren ihm entgegengekommen. Das war eigentlich für eine Bundesstraße über zwei Kilometer nicht viel, aber Meinolf schätzte es nicht, potentiellen Gefahren ausgesetzt zu sein. Autofreie Radwege waren mehr sein Ding. Er folgte dem jetzt geschotterten Radweg über den Deich, der ihn nach einigen Kilometern zu einem Gasthof führte. Eine Frau in einem karierten Kittel war damit beschäftigt, Tische einzudecken.

„Na, schon Hunger oder Durst?" fragte sie in Meinolfs Richtung, „wir haben schon geöffnet."
„Danke", rief Meinolf vom Fahrrad herunter, „für mich ist es noch zu früh. Aber vielleicht beim nächsten Mal."
„Schade", sagte die Frau und fuhr mit ihrer Tätigkeit fort, „dann eben beim nächsten Mal."
Es war sicher schwer, hier mit einer gastronomischen Tätigkeit über die Runden zu kommen, aber Meinolf wollte sich den Ablauf seiner Fahrradtour nicht vorschreiben lassen. Er kam zu einem Ort – war es Besandten oder Unbesandten?, Meinolf hatte es nicht mehr genau im Kopf – an der der geschotterte Radweg in eine Buckelpiste aus Feldsteinen und zerschlagenen Ziegeln überging. Hier war es notwendig, vorsichtig zu fahren und das Tempo zu reduzieren. Hinter dem Ort hielt Meinolf an. Er überprüfte, ob die Ordnung in seinem Lenkerrucksack Schaden genommen hätte. Es

hatte doch soeben verdächtig geklappert. Der Inhalt des Lenkerrucksackes war in Ordnung. Meinolf fragte sich, ob er jetzt oder erst am Abend den Namen des Ortes nachsehen sollte, eine Karte hatte er ja eingepackt, aber er beließ es beim Abend.

Mödlich war erreicht. Der Ort, ein langgestrecktes Straßendorf, verlief entlang der Bundesstraße unterhalb des Deiches. Meinolf folgte dem Radweg auf dem Deich. Einige Häuser befanden sich in Restauration, andere waren schon gut hergerichtet, Ruinen waren keine zu sehen. Am Ende des Ortes befand sich eine der hier seltenen Bänke. Meinolf hielt an und lehnte sein Fahrrad so an, dass es nicht in den Weg hinein ragte. Er setzte sich und sah auf die Uhr. Es war an der Zeit, eine Zwischenmahlzeit einzunehmen. Er stand auf, holte Thermoskanne und die Plastikschachtel mit den Broten und dem Ei aus der Packtasche und legte beides neben sich auf die Bank. Er goss sich Tee ein und, während er den Tee abkühlen ließ, verzehrte er zwei von den vier Käsebroten. Zwei wollte er für den Rückweg aufheben, das erschien ihm sicherer. Das Ei konnte er jetzt schon essen, es war immerhin schon Mittagszeit. Meinolf schlug das Ei an der Bank auf und pellte die Schale in das Blatt von der Haushaltsrolle. Er schlug das Papier zusammen und legte es auf die verbleibenden zwei Käsebrote. Dann aß er das Ei und trank dazu von dem inzwischen abgekühlten Tee. Eine große Tasse hatte er davon noch übrig, dazu das Mineralwasser, das sollte den Rückweg abdecken.

Eine Skulptur ihm schräg gegenüber erweckte Meinolfs Aufmerksamkeit. Er hatte sie bisher nicht wirklich wahrgenommen, obwohl er diesen Weg schon öfter gefahren war. Auf einem Brett mit vier Rädern, welches wohl den Unterbau eines alten Leiterwagens darstellen sollte, stand eine Figur in einem priesterlichen Gewand, auf dem Kopf eine Mütze, die zwischen einem Zylinder und einer bischöflichen Mitra anzusiedeln war. In der Hand hielt diese Figur eine Sichel, schräg nach oben gehalten, an einem langen Stiel. Meinolf trank seinen Tee aus, schraubte den Becher auf die Thermoskanne und erhob sich, um den Fahrradweg zu queren. Ein Schild an dem Brett verriet den Namen der Skulptur: „Styx". Meinolf schüttelte den Kopf. Das war nicht in Ordnung. Unter Styx verstand man den Fluss zum Hades und diese menschliche Gestalt im priesterlichen Gewand sollte wohl Charon, den Fährmann zum Hades, darstellen. Aber in dieser Skulptur lag überhaupt keine Tragik, kein Abschiednehmen, kein „Trinken von Fahrt und Nacht". Ganz anders war es für ihn gewesen, als er exakt an diesem Ort, an dieser Bank, die an einer Wegekreuzung lag, einem kleinen Weg gefolgt war, der ihn vom Deich hinunter in das Deichvorland zu einer alten „Eiseiche" geführt hatte. Da hatte die Eiche gestanden mit den Narben, die das Treibeis der Elbe bei Hochwasser im Winter hinterlassen hatte: Wie mit einem stählernen Ring gequält, viel zu eng um die Taille geschraubt, hatte diese Eiche ausgesehen und dennoch hatte sie voll im Laub gestanden, so, als ob sie sich von dem Hochwasser gut erholt hätte. Die Eiche stand sicherlich immer noch da mit den Spuren, die das Eis geschlagen hatte, aber Meinolf hatte nicht das Bedürfnis, dorthin zu fahren; der Weg, aus Feldsteinen gebaut, reizte ihn nicht. Dennoch war es merkwürdig: Hier ein neutral wirkender Charon auf dem Styx, dort eine sichtlich malträtierte und dramatisch aussehende, aber offensichtlich vitale Eiche. Emotional hatte Meinolf die Eiche weit mehr beeindruckt als die

Skulptur, obwohl es, die Konsequenzen betreffend, eigentlich andersherum hätte sein müssen.

Klappernde Geräusche näherten sich. Meinolf blickte auf. Eine Gruppe von Fahrradfahrern näherte sich der Bank. Das Klappern schien von dem Anhänger zu kommen, der an einem Rad befestigt war. Es waren junge Leute, die auf den Rädern saßen, zwei Männer und zwei Frauen. Sie hielten vor Meinolfs Bank an.

„Moin", sagte ein junger Mann mit Rasterlocken. „Kleine Pause machen. Dürfen wir uns dazusetzen?

„Sicher." Meinolf stand auf und räumte Thermoskanne und Plastikschachtel in seine Packtasche. „Aber ich wollte sowieso gleich fahren."

„Haben Sie Angst vor uns?" fragte eine junge Frau in einer Latzhose. „Nur weil wir ein bisschen feiern?"

„Auf keinen Fall." Meinolf setzte sich wieder, diesmal an das eine Ende der Bank. „Für zwei Leute mehr sollte es auf der Bank noch reichen." Er wollte höflich wirken und keinen Ärger haben, denn bei diesen Leuten, die guter Dinge zu sein schienen, aber angetrunken wirkten, konnte man nie wissen. „Die beiden anderen könnten sich ja auf den Leiterwagen da setzen." Er zeigte auf die Skulptur.

„Sie sehen so schlau aus. Dann wissen Sie wahrscheinlich, wer da auf dem Leiterwagen steht?" Die junge Frau mit der Latzhose setzte sich neben Meinolf auf die Mitte der Bank.

„Das ist Charon, der Fährmann auf dem Weg zum Hades", sagte Meinolf. „Ich finde, er wirkt aber ganz freundlich."

„Habt Ihr gehört, der Mann mit der Sense bringt Euch in den Hades", rief die junge Frau mit der Latzhose.

„Dann werde ich mal mit dem Sensenmann anstoßen", antwortete der junge Mann mit den Rasterlocken und ging zu dem Fahrradanhänger. Er holte Bierflaschen heraus und verteilte sie an seine Begleiter. Eine Flasche behielt er für sich.

„Fünf", rief die Frau mit der Latzhose.

„Was, fünf?" fragte der Mann mit den Rasterlocken.

„Fünf Flaschen insgesamt, eine Flasche noch für den Herrn hier."

„Entschuldigung." Der junge Mann ging noch einmal zum Fahrradanhänger, holte eine weitere Flasche heraus und gab sie Meinolf in die Hand. Es war eine kleine Flasche mit einem Bügelverschluss, sie war kühl und kam offensichtlich aus einer Kühltasche.

Eigentlich wollte Meinolf protestieren, aber dann ließ er es. Er wollte die Stimmung nicht kippen lassen.

„Ich mach das schon." Die junge Frau mit der Latzhose stellte ihre Bierflasche neben sich und nahm Meinolf die Flasche aus der Hand. „Man muss es nämlich können, eine durchgeschüttelte Bierflasche zu öffnen." Sie machte sich an dem Bügel zu schaffen. Schließlich reichte sie Meinolf die geöffnete Bierflasche. Sie nahm ihre Bierflasche und schlug sie leicht gegen die von Meinolf. „Prost."

„Prost", sagte Meinolf und „Prost" riefen auch die anderen. Die zweite junge Frau setzte sich auf die Bank und die beiden Männer setzten sich zu Charon auf den Leiterwagen. Meinolf nippte an seiner Bierflasche.

Die junge Frau mit der Latzhose setzte die Flasche an und nahm einen großen Schluck. „Ist das Bier nicht kalt genug? Es ist übrigens echter Bölkstoff aus Flensburg."

„Das habe ich gesehen und weiß es sehr zu schätzen", sagte Meinolf. „Das Bier ist auch schön kalt, gerade richtig zum Trinken. Es ist nur so, dass ich noch eine längere Fahrradtour vor mir habe. Außerdem bin ich es nicht gewöhnt, tagsüber etwas zu trinken."

„Ist doch nur Bier. Wir trinken keine harten Sachen. Wie heißt Du eigentlich?" fragte die junge Frau unvermittelt.

„Meinolf heiße ich. Und Du?" Meinolf versuchte, den Gesprächston zu übernehmen.

„Ich heiße Sara und das ist Michelle." Sara mit der Latzhose wies auf ihre Nachbarin auf der Bank. Michelle nickte freundlich.

„Wohin geht es denn?" fragte Meinolf und nippte noch einmal an seinem Bier.

„Wir fahren zu einer Grillfete. Und Du, wo fährst Du hin?"

„Ich bin noch unschlüssig", sagte Meinolf, „ob ich die Elbfähre von Lenzen nach Pevestorf oder die Fähre von Lütkenwisch nach Schnackenburg nehme. Auf alle Fälle muss ich zurück nach Damnatz."

„Meinolf." Sara wiegte mit dem Kopf. „Ich kenne keinen anderen Menschen, der so heißt." Sie machte eine Pause, um ihre Bierflasche zu leeren. „Wann entscheidest Du denn, welche Fähre Du nimmst?"

„Nun lass ihn doch", mischte Michelle sich ein. „Der Mann will doch nur in Ruhe hier sitzen."

Die beiden jungen Männer, die auf dem Leiterwagen neben Charon Platz genommen hatten, waren aufgestanden. „Mal eben nach der Eiseiche sehen", rief der junge Mann mit den Rasterlocken. Die beiden gingen den Weg zur Eiseiche herunter, um sich kurz danach vor die Büsche zu stellen.

„Ich mache beide Touren sehr gerne", sagte Meinolf, „und ich entscheide meist spontan, welche Fähre ich nehme. Das hängt von der Tagesform ab."

„Na dann." Sara stand auf und ging zu dem Fahrradanhänger. „Meinolf, Michelle, für Euch auch ein Bier?"

„Na klar", rief Michelle.

„Für mich bitte nicht", sagte Meinolf. Er trank seine Flasche leer und stand auf. „Ich muss los. Vielen Dank für das Bier." Er überprüfte den Inhalt seines Lenkerrucksackes und verschloss diesen wieder.

Sara kam, eine Bierflasche in jeder Hand, auf ihn zu und küsste ihn auf die Wange. „Mach´s gut Meinolf."

Meinolf roch ihre Bierfahne. Die Situation war ihm unangenehm. Er hatte den Kuss nicht abwehren können, weil er sein Fahrrad festhalten musste. Er bestieg sein Rad. „Macht´s auch gut alle zusammen und viel Spaß bei der Fete." Während die beiden jungen Männer zurückkehrten, begann Meinolf in die Pedale zu treten.

„Sara, Sara, ich muss schon sagen", hörte Meinolf den jungen Mann mit den Rasterlocken sagen, „Du machst Dich ja an Gruftis heran."

„War er nicht süß, dieser Nieselpriem, wie er da stocksteif auf der Bank saß und an seinem Bier nippte, konfrontiert mit der schweren Entscheidung, welche Fähre er zu nehmen hätte?"

Meinolf hörte Saras glucksendes Lachen, dann gelangte er endlich außer Hörweite. Peinlich war es gerade gewesen, einfach nur peinlich.

III

Meinolf schob sein Fahrrad die Straße von der Fähre zu dem großen Platz vor dem Grenzlandmuseum hoch. Er hatte vermutet, dass es hier in Schnackenburg mindestens eine freie Bank für ihn gäbe und er hatte mehr als recht: Nur eine Bank war besetzt, alle anderen waren frei. Meinolf wählte die Bank aus, die einem Abfallbehälter am nächsten war, so könnte er die Plastikschachtel mit den Resten des hartgekochten Eis am besten entleeren. Er lehnte sein Fahrrad an die Bank und holte Thermoskanne und Plastikschachtel aus seiner Packtasche, legte beides auf die Bank und setzte sich. Er öffnete die Plastikschachtel. Das Papier von der Küchenrolle, welches er um die Eierschalen geschlagen hatte, hatte sich geöffnet und die Schalen des Eis in der Schachtel verteilt. Meinolf zupfte vorsichtig die Eierschalen von den zwei verbliebenen Käsebroten, diese legte er auf die Bank, um dann die Plastikschachtel mit den Schalen in den Papierkorb zu entleeren.

Der Weg von Mödlich nach Lütkenwisch war Meinolf leicht gefallen. An der Fähre, die von Lenzen nach Pevestorf über die Elbe setzte, war er vorbeigefahren, teils in Gedanken, teils froh über die Tatsache, der biertrinkenden Fahrradgruppe an der Bank von Mödlich entronnen zu sein. Was sollte es auch? Die Fähre, die er genommen hatte, lag nur zwölf oder dreizehn Kilometer weiter entfernt als die andere, das waren in der Summe fünfundzwanzig Zusatzkilometer, die er an diesem Tag locker schaffen konnte: Das Fahrrad war gut, die Sitzposition stimmte, er hatte sie nicht einmal korrigieren müssen und auch seine Beine schienen gut zu sein. Für die gesamte Rückfahrt hatte er jetzt noch geschätzte fünfunddreißig Kilometer einzukalkulieren. Da war ein Hungerast nicht zu erwarten. Meinolf goss sich Tee aus der Thermoskanne ein und ließ ihn abkühlen, während er die beiden Käsebrote verzehrte. Er schüttelte die Kanne, sie war leer. Jetzt verfügte er noch über einen Liter Mineralwasser, das erschien für den Rückweg mehr als genug. Er holte Zigaretten und Feuerzeug aus seinem Lenkerrucksack und versuchte, sich eine Zigarette anzustecken. Das fiel ihm schwer. Der Wind hatte wohl aufgefrischt, wie man auch an den Fahnen sah, die vor dem Grenzlandmuseum aufgestellt waren und in östliche Richtung flatterten, genau gegen die Richtung, in die Meinolf zu fahren hatte. Meinolf hielt eine Hand um das Feuerzeug, dann brannte die Zigarette. Er rauchte etwas unruhig. Vielleicht hatte ihm auch nur der Rückenwind, den er nicht bemerkt hatte, die leichte Fahrt bis hierher vorgetäuscht.

Der Bootsführer, Fährmann, Kapitän – wie sollte man einen solchen Menschen nennen? – hatte sich Zeit gelassen. Es hatte relativ lange gedauert, bis die Fähre von Schnackenburg aus losgefahren war, um den in Lütkenwisch wartenden Meinolf und ein Auto abzuholen, um nach Schnackenburg zurückzukehren. Rückblickend wäre es wahrscheinlich besser gewesen, schon eine Fähre früher über die Elbe zu setzen, dann wäre es mit dem Wind noch besser gewesen; besser wäre es wahrscheinlich auch gewesen, auf das Bier auf der Bank in Mödlich zu verzichten, das kostete für die Rückfahrt möglicherweise Kondition. Meinolf zuckte mit den Schultern. Im Augenblick war es egal, er konnte jetzt nur noch entscheiden, welche Route er für die Rückfahrt nehmen sollte. Es gab insgesamt vier

Varianten, die allerdings sämtlich in Gorleben auf die einzig mögliche Strecke für die letzten siebzehn Kilometer zusammenkamen. Meinolf entschloss sich, die Strecke zu nehmen, die am Elbdeich verlief und später über den Höhbeck führte, einen bewaldeten Geestrücken. Das entsprach in etwa dem alten Elbe-Radweg. Auf dieser Route sollte es am besten möglich sein, dem Gegenwind wenigstens teilweise zu entgehen, da Bäume und Deich Windschutz versprachen. Meinolf drückte seine Zigarette auf dem Boden aus, warf sie, nachdem sie ausgekühlt war, in den Abfallbehälter und packte seine Sachen zusammen.

Das Velo stoßen. So hieß es in der Schweiz, wenn es angebracht war, sein Fahrrad zu schieben. Meinolf stieg vom Rad. Er war so lange gefahren, wie es ihm möglich war, zuletzt mit der kleinsten Übersetzung. Die Strecke unterhalb des Elbdeiches lag hinter ihm und er war in den Waldweg eingebogen, der erst leicht, später mäßig steil bergan zum Höhbeck führte. Jetzt kam das letzte Stück, ein Steilstück, es mochten nur noch einige hundert Meter bis zur Höhe sein, aber es war mühsam, das Fahrrad zu schieben. Meinolf verfluchte seine von der Sorge vor Gegenwind diktierte Streckenwahl: In seiner Erinnerung war diese Strecke nicht so steil gewesen, wie er es jetzt erlebte. Vereinzelte Stufen aus Stein kamen jetzt. Velo stoßen: Wie einfach und doch so treffend war dieser Begriff. Es war richtig, dass die für den Elbe-Radweg Verantwortlichen den Radweg umgelegt hatten. Meinolf schnaufte, er war in Eile. Der Himmel hatte sich zugezogen und war jetzt fast schwarz. Ein gewaltiger Regenguss, vielleicht auch gewittrig, war zu erwarten. Auf der Höhe stand ein Aussichtsturm und unter dem hoffte Meinolf im Bedarfsfalle eine Zeit lang ausharren zu können. Er hastete, das Fahrrad neben sich herschiebend, unangenehm pochende Geräusche in seinen Ohren wegdrückend, die letzten Höhenmeter hinauf. Es wurde flach, der Turm war erreicht.

Meinolf schob sein Fahrrad auf das betonierte Fundament unter dem Turm und lehnte es an. Er sah nach oben. Das Stockwerk über ihm war durchgehend und ohne Zwischenräume beplankt. Alles sah nach einem guten Regenschutz aus. Über das Vorhandensein eines Blitzableiters brauchte er sich wohl keine Gedanken zu machen, denn der Turm, auch wenn er von den Bäumen, die ihn umgaben, mittlerweise überragt wurde, war mit Sicherheit, wie es in dieser Gegend zu erwarten war, mit Fördermitteln der EU erbaut worden und da gab es klare Vorschriften. Meinolf schnaufte noch einmal durch. Die pulsierenden Geräusche in seinen Ohren hatten nachgelassen. Er überprüfte, ob sein Fahrrad, an einen hölzernen Träger des Turmes gelehnt, auch stabil stand, öffnete eine Packtasche, zog die Regenjacke heraus und zog sie an, nachdem er die Tasche wieder sorgfältig verschlossen hatte. Er überlegte noch, ob er sich eine Zigarette anstecken sollte, da begann es zu regnen.

Der Himmel hatte sich noch weiter verdunkelt, prasselnd, gischtend schlugen Regentropfen auf den Boden, erreichten das betonierte Fundament, auf dem Meinolf stand und spritzten dort hoch, Wind kam auf und trieb in Böen Regen in den Unterstand, jäh zuckten Blitze, darauf ein Donnerschlag, dann der nächste, dann noch einer – das Gewitter musste direkt über dem Turm sein – es tat einen Schlag, die Erde bebte, es krachte, ein dumpfes Geräusch und ein erneutes Beben – ein tonnenschwerer Baum vis à vis schlug auf dem

Boden auf – infernalisch, bedrohlich – „Kühe in Halbtrauer" kam Meinolf in den Sinn, völlig idiotisch in dieser Situation, Arno Schmidt, der kauzige Schriftsteller, hatte ein gleichnamiges Prosastück über das Kaff geschrieben, in dem er damals lebte, unweit von Uelzen, gar nicht hier in diesem Landstrich – erneut tat es einen Schlag und irgendwo weiter entfernt musste ein weiterer Baum zu Boden gegangen sein, Gewitterböen peitschten weiteren Regen in den Unterstand, Schuhe, Socken, Hose durchnässend und Kälte verbreitend – warum nur solche Assoziationen? völlig Banane hätte diese angetrunkene Sara auf der Bank in Mödlich gesagt und ein glucksendes Lachen ertönen lassen, wie Parterre war er eigentlich? – und immer wieder zuckten Blitze aus dem Himmel, gefolgt von Donnerschlägen.

Es wurde heller. Das Gewitter hatte sich entfernt, von weitem hörte man noch ab und zu Donner, und der Regen ließ langsam nach. Mit dem Ellenbogen flitschte Meinolf Wasser von Sattel und Packtaschen ab, dann öffnete er seinen Lenkerrucksack, holte Zigarettenpäckchen und Feuerzeug heraus, steckte sich eine Zigarette an, legte Zigarettenpäckchen und Feuerzeug zurück und rauchte mit tiefen Zügen. Ob der Funkturm wohl etwas abbekommen hatte, vielleicht einen halben Kilometer von dem Aussichtsturm entfernt, seinerzeit das höchste Bauwerk der Bundesrepublik, das Ohr der NATO gen Osten? *Der* Höhbeck hieß es, nicht *die* Höhbeck, Beobachtungswarte für irgendwelche Steinzeitmenschen, die von hier aus ihre Beute erspähen konnten. Jetzt war das Beobachten nicht mehr möglich, jetzt stand hier Wald. Was für Bäume waren es wohl, die vom Blitz getroffen worden waren? –

wahrscheinlich Eichen. Nach Gorleben waren es geschätzt noch neun Kilometer, von dort zum Quartier noch einmal siebzehn. Das waren insgesamt sechsundzwanzig Kilometer. Einen Liter Wasser hatte er noch für die Rückfahrt. Meinolf holte Zigarettenpäckchen und Feuerzeug aus seinem Lenkerrucksack und steckte sich eine Zigarette an. War es die erste nach dem Gewitter oder die zweite? Er rauchte mit tiefen Zügen und schüttelte den Kopf. „Kühe in Halbtrauer". Wie peinlich. Er ließ die Zigarettenkippe auf das betonierte Fundament des Turmes fallen. Dort lag eine weitere Kippe. Also musste es die zweite Zigarette sein, die er soeben geraucht hatte. Meinolf überprüfte sein Gepäck, wischte noch einmal über den Sattel und schob sein Fahrrad auf den Parkplatz, der sich vor dem Aussichtsturm befand.

Ein abschüssiger geschotterter Waldweg führte nach Vietze. Meinolf musste langsam fahren und auf den Weg achten, denn der war durch den Regen stark ausgewaschen. Ein Baum lag quer über dem Weg. Meinolf hielt an und lehnte sein Fahrrad an den umgestürzten Baum. Er fühlte unter seiner Regenjacke. Nicht nur Hose, Socken und Schuhe waren klatschnass, nein, auch alles, was er unter der Regenjacke trug. Es war müßig, darüber nachzudenken, ob die Nässe durch die Nähte der Regenjacke eingedrungen oder von unten hochgekrochen war, er musste einfach nur zusehen, sich wieder warmzufahren. Er schob sein Fahrrad um den Baum herum und ließ es bis Vietze den Berg herunter laufen. In diesem Ort, den er nahezu menschenleer kennengelernt hatte, sah er zahlreiche Personen auf der Straße vor ihren Häusern stehen. Möglicherweise waren Keller vollgelaufen, vielleicht auch das eine oder andere Dach beschädigt. Die Sonne kam heraus und spiegelte sich in den großen Pfützen, die sich auf den Straßen gebildet hatten.

Der Radweg hinter Vietze führte an der Straße entlang bis zur Brücke über die Seege. Meinolf trat bewusst einen großen Gang, er musste sich warmfahren. Eine dicke Mühle treten, hieß das im Jargon der Rennfahrer, aber davon sollte man bei ihm, auf einem Leihfahrrad mit Packtasche, besser wohl nicht sprechen. Die Regenjacke hatte Meinolf angelassen. Sie sollte eine gewisse Sauna-Wirkung entfalten. Ein Feuerwehrwagen kam ihm mit Blaulicht entgegen. Ein Wasserschwall traf ihn. Meinolf hatte Mühe, das Fahrrad zu halten. Warum mussten diese Kerle so brettern? Wenn ein Baum auf dem Dach lag oder ein Keller vollgelaufen war, kam es nicht auf jede Sekunde an. Und warum musste sich diese Pfütze ausgerechnet an der Stelle befinden, an der sich Feuerwehrwagen und Fahrradfahrer trafen? Meinolf versuchte, wieder in Tritt zu kommen. Es war einfach nur unangenehm, mit klatschnassen Sachen Fahrrad zu fahren. An der Seege-Brücke mit dem Schild „Vorsicht Biber-Wechsel" hielt er an, zog die Regenjacke aus und verstaute sie in seiner Packtasche. Vielleicht würde er ohne Jacke schneller trocken. Er wollte es versuchen. So oder so, ihm stand eine beschwerliche und kühle Rückfahrt bevor. Er überquerte die Seege auf der Straße, dann wandte er sich nach rechts. Es war besser, den autofreien asphaltierten Wirtschaftsweg nach Gorleben zu nehmen als den offiziellen Radweg neben der Straße, auch wenn es weiter war. Man konnte nie wissen, welche Pfützen an welcher Stellen lagen und welche Autofahrer zu welchen Zeiten daran vorbeikamen.

Gorleben war erreicht. Gorleben, eigentlich ein ganz friedlicher Ort mit einem wohlklingenden Namen, wäre da nicht der brisante Kontext gewesen, bot eine Menge schöner, ruhig gelegener Bänke. Meinolf schätzte eine Bank besonders, an einer T-Kreuzung abseits der Hauptstraße gelegen, aber er ließ sie liegen. Jetzt eine Rast zu machen wäre unklug, einerseits konnte er sich erkälten, andererseits hatte der Wind eine Pause gemacht und das galt es auszunutzen. Meinolf verließ den Ort auf einem Fahrradweg neben der Straße. Zu dieser Streckenführung gab es hier keine Alternative.

Es machte „Peng" und das Hinterrad fing an zu rumpeln. Meinolf hielt an und stieg ab. Klarer Fall: Platten. Kein Flickzeug dabei, kein Werkzeug dabei, ein Hinterrad konnte er ohnehin nicht ausbauen, Mietfahrräder hatten eben ihren eigenen Charme. Dabei war es hinter Gorleben ganz gut gelaufen: Erst parallel zur Straße, dann am Elbdeich entlang bis Grippel, von Grippel bis Langendorf erst leicht bergan, dann leicht bergab, der Wind nur mäßig aus wechselnden Richtungen wehend, kein Regenguss zwischendurch und das alles mit einem abnehmenden Kältegefühl. Aber warum das mit dem Fahrrad ausgerechnet jetzt, angesichts eines zunehmend dunkler werdenden Himmels und eines auffrischenden Windes? Meinolf überschlug die Kilometer, die er noch zurückzulegen hatte. Von hier aus, am Elbdeich kurz vor Brandleben, mochten es noch sechs sein. Er hatte die Alternative, sein Rad zu schieben oder auf der Felge weiter zu rumpeln. Er entschied sich für das letztere. Er fuhr, so gut es ging, langsam weiter und versuchte, den auffrischenden Wind, den einsetzenden Regenschauer und das wieder zunehmende Kältegefühl zu ignorieren.

IV

„Meine Güte! Herr Schmitz, Sie sehen ja schrecklich aus. Ganz verfroren, mit nassen Sachen und blauen Lippen." Frau Beyer hatte vor der Tür gestanden, als sich Meinolf mit dem Fahrrad genähert hatte.

„Das mit der Radtour heute war wohl keine gute Idee von mir gewesen", hatte Meinolf mit klappernden Zähnen gemurmelt. Jetzt stand er unter der Dusche und merkte, wie er langsam wieder aufwärmte. Dazu trug mit Sicherheit auch der Obstschnaps bei, den er getrunken hatte, besser gesagt, der ihm zunächst aufgenötigt worden war. Frau Beyer hatte besorgt gewirkt, ihr Mann war dazugekommen.

„Ich übernehme das Fahrrad, morgen haben Sie es wie neu wieder. Ich mache es immer so: Erst ein Bild malen, dann ein Fahrrad reparieren und so weiter. Geben Sie mir einen ganz kurzen Moment, ich komme zurück."

„So leicht malt es sich auch für ihn nicht", hatte Frau Beyer zu Meinolf gesagt, aber da war Herr Beyer-Moll schon mit einem Schnapsglas und einer Flasche zurückgekommen.

„Bester Obstbrand aus dem Wendland, ist bestens gegen Erkältung." Er hatte in das Glas großzügig eingeschenkt. „Trinken Sie einen Schluck!"

Meinolf hatte ablehnen wollen, aber es nicht vermocht; so wie die Situation war, hätte er es seinen beiden wohlmeinenden, hilfsbereiten Gastgebern nicht abschlagen können. Er ließ das warme Wasser der Dusche über seinen Kopf laufen. Selten war er so durchgefroren gewesen wie gerade. Noch ein paar

Minuten unter der Dusche, dann wollte er sich um seine Sachen kümmern, die er einfach in den Flur gelegt hatte, die nassen Textilien obenauf.

„Noch einen Schnaps, auf einem Bein steht man nicht gut", hatte Herr Beyer-Moll gesagt und diesmal hatte Meinolf zustimmend genickt, denn das Sprechen war ihm schwergefallen.

„Wenn Sie geduscht und sich umgezogen haben, bringen Sie mir die nassen Sachen gleich rüber", hatte Frau Beyer gesagt, „ich lege sie sofort in den Trockner." Meinolf drehte das Wasser ab und nahm das Badehandtuch vom Gestell. Wie mochte wohl der Gedenkstein des Schriftstellers nach dem Unwetter aussehen? Wahrscheinlich hatte der Regen die Erde auf dem Grab hochgewirbelt und sie auf dem Gedenkstein verteilt.

Meinolf zog sich an, er nahm lange Hose, Hemd und Pullover. Die Hände fühlten sich noch kalt an, aber es sah so aus, als hätte er das Schlimmste überstanden. Die Sachen, die er auf der Fahrradtour angehabt hatte, lagen noch so, wie er sie ausgezogen hatte, nass und schwer auf Packtaschen und Lenkerrucksack. Meinolf nahm sie einzeln und wrang sie in der Spüle der Küche aus. Er nahm sie auf den Arm, um sie zu Frau Beyer herüber zu bringen. Er öffnete die Wohnungstür, doch da stand schon ein Korb aus Plastik. Meinolf legte seine Wäsche hinein. Er war unschlüssig, wohin er den Korb bringen sollte, ins Nachbarhaus, wo seine Gastgeber wohnten oder ins Wäschehaus, doch dann sah er, dass die Tür zum Wäschehaus nur angelehnt war und aus dem Schornstein weißer Rauch kam. Frau Beyer war sicher in Sachen Wäsche aktiv.

Meinolf öffnete die Tür zum Wäschehaus. Frau Beyer saß an der Mangel, sah kurz zu Meinolf auf und konzentrierte sich dann auf Handtuch, welches sie gerade durch die Mangel laufen ließ. „Na, Herr Schmitz, ein wenig erholt?"

„Ja natürlich, Frau Beyer. Und sagen Sie bitte Ihrem Mann herzlichen Dank für den guten Obstbrand. Noch ein paar Stunden und ich bin wieder völlig fit. Wo soll ich die nassen Sachen hinstellen?"

„Einfach auf den Boden." Frau Beyer zog das Handtuch aus der Mangel und begann es zu falten. „Ich stelle Ihnen den Korb dann vor die Tür."

„Danke, Frau Beyer." Meinolf stellte den Korb auf den Boden des Wäschehauses.

Frau Beyer legte das zusammengefaltete Handtuch auf den Tisch und stand auf. „Ich mache erst mal den Trockner klar, bevor ich weiter mangele", und füllte Meinolfs Sachen in den Wäschetrockner. „In etwa einer halben Stunde dürfte alles trocken sein. Jetzt gehen Sie erst mal und stärken sich. So ganz fit sehen Sie immer noch nicht aus."

„Ja natürlich", sagte Meinolf, „und vielen Dank nochmal, Frau Beyer." Er verließ das Wäschehaus und ging zurück in seine Ferienwohnung, die Orchidee. Frau Beyer hatte recht. Er sollte sich erst einmal etwas zu essen machen. Er schloss die Tür und setzte sich im Wohnzimmer auf das Sofa gegenüber dem Fernseher. Er überlegte, was er zubereiten sollte: Wie immer, einen Toast mit Schinken und einen mit Salami? Er könnte auch eine Dose mit Fleisch öffnen. Eigentlich ernährte er sich nicht besonders gesund. Wahrscheinlich wäre es besser, am nächsten Tag einkaufen zu fahren, um etwas Salat, vielleicht auch ein paar Tomaten zu kaufen. Styx, ja das war eine sehr neutrale Skulptur gewesen, sie hatte keine Emotionen in ihm erweckt, ganz anders die Gruppe der Flensburger Pils trinkenden Radfahrer. Gedanken an seinen Aufenthalt auf dem Höhbeck kamen in ihm auf. Er versuchte sie wegzudrücken.

Meinolf erwachte. Dämmerung herrschte im Wohnzimmer und draußen vor den Fenstern. Er musste eingeschlafen sein. Er reckte sich und stand auf. Die Muskeln schmerzten, er hatte sich wohl beim Fahrradfahren verkrampft. Er dehnte sich, aber das schien nicht ausreichend zu sein. Er musste wohl abwarten und am nächsten Tag eine weniger lange Strecke fahren. Auf dem Weg zur Küche fielen ihm die Fahrradsachen auf, die noch im Flur lagen: Packtasche und Lenkerrucksack, umgeben von einer Pfütze. Meinolf ging in die Küche und holte ein Spültuch. In der Tat, er konnte noch nicht zu Abend gegessen haben, nichts an Geschirr oder Besteck stand herum. Er putzte die Tasche und den Rucksack mit einem Spültuch trocken, wischte den Boden und arbeitete mit Papier von einer Haushaltsrolle nach. Dann nahm er Zigaretten und Feuerzeug aus dem Lenkerrucksack und ging vor die Tür. Er fühlte sich noch ein bisschen dösig. Eine Zigarette, vielleicht noch Stück Dosenfleisch im Stehen und dann ins Bett. Es war gut, dass sich dieser Tag seinem Ende zuneigte.

Meinolf inhalierte aus seiner Zigarette, stieß den Rauch aus und beobachtete, wie graue Kringel aus seinem Mund entwichen. Eine Katze miaute. Meinolf sah sie auf sich zukommen, sie war schwarz-weiß gemustert wie viele Katzen, vielleicht wollte sie gestreichelt werden, aber dazu hatte Meinolf überhaupt keine Lust. Eigentlich wollte er nur ganz stressfrei hier sitzen und gleich ins Bett gehen. Kaputt war er, einfach nur kaputt. Er wehrte mit der Hand die Katze ab, die aber sprang auf den Tisch neben Meinolfs Stuhl, den Tisch mit dem Aschenbecher, und ließ sich dort nieder. Meinolf wehrte wieder mit der Hand ab, da sprang die Katze vom Tisch und stolzierte – so kam es Meinolf vor – behäbig in die Richtung des Gartens.

Er hörte Schritte auf dem Grundstück ihm gegenüber, dort, wo durch einen Maschendraht das Grundstück des Klinkerbaus von dem der Ferienwohnungen getrennt war. Der alte Bauer schob sein Fahrrad zum Haus und blickte zu Meinolf herüber. „Hallo", sagte er, „noch eine Zigarette genießen?"

„Ja", sagte Meinolf, „noch eine Zigarette genießen. Gerade habe ich eine Katze gesehen. Sie streifte hier herum. War das Ihre Katze? Sie hatte ein schwarz-weißes Fell."

Der alte Bauer schüttelte seinen Kopf. „Das war nicht meine Katze. Ich habe eine andere."

„Wie sieht denn Ihre Katze aus?" fragte Meinolf. „Was für eine Katze haben Sie denn?"

Der alte Bauer schob sein Fahrrad zur Hauswand des Klinkerbaus und lehnte es dort an. „Tot ist sie, tot, überfahren." Er machte eine Pause. „Na, macht nichts, das ist das Leben." Es klang hohl. Der alte Bauer ging die hölzerne Stiege zur Eingangstür hoch. „Schönen Abend noch." Er schloss die Tür hinter sich.

Meinolf fröstelte. War es der Tag, war es diese Begegnung? Er rauchte seine Zigarette zu Ende und drückte sie im Aschenbecher aus. Als er aufstand, um in die Orchidee zurückzugehen, fiel ihm der Plastikkorb mit den getrockneten Sachen auf, welcher neben der Eingangstür stand. Meinolf bückte sich und hob ihn hoch. Er wollte sich am nächsten Tag noch einmal bei Frau Beyer bedanken.

V

Es war schön, das Panorama zu genießen, hier die Reste der alten Eisenbahnbrücke, dort, auf der anderen Seite der Elbe, die kleine Festung aus roten Ziegeln und weiter nach rechts ein altes, hohes Gebäude, das früher einmal als Speicher gedient hatte und jetzt zu einem Hotel umgebaut worden war. Ob die Menschen, die in diesem Hotel wohnten, den Blick auf die Elbe und den Torso der Eisenbahnbrücke auch so genießen konnten? Es war schön, hier in der Sonne, welche auch die Brücke beschien, zu sitzen und sich zu wärmen. Meinolf streckte die Beine aus. Glücklicherweise war die Bank frei gewesen, als er sich ihr genähert hatte; eigentlich war sie immer frei, bis auf wenige Ausnahmen, aber es war auch immer ein schönes Gefühl, wenn das Geplante auch eintrat. An diesem Tag war er zuvor durch die Dannenberger Marsch gefahren, hatte dann ein wenig geruht, um dann hier, am späten Nachmittag, auf dieser Bank den Tag ausklingen zu lassen.

Meinolf holte eine Zigarette aus seinem Lenkerrucksack und steckte sie an. Es war seine erste an diesem Tag und er genoss den ersten tiefen Zug. An dem Tag, an dem er in das Unwetter gekommen war, hatte er zu viel geraucht. Am Tag danach hatte ein Zettel vor der Tür gelegen „Fahrrad ist im Schuppen, ein Nagel war in Schlauch und Mantel, alles ersetzt" und es war schwer für ihn gewesen, wenigstens die Kosten für das Material zu übernehmen.
„Nein, Herr Schmitz, das ist ein Leihfahrrad, da können wir zusätzlich zur Leihgebühr nichts mehr berechnen", hatte Frau Beyer gesagt, aber Meinolf hatte mit viel

Diplomatie auf seinem Standpunkt beharrt. „Sie können ja nicht ahnen, dass ein Gast mit einem Ihrer Leihfahrräder ständig so viele Kilometer macht." Das war offensichtlich das „Magic Word" gewesen und Frau Beyer hatte in einen sehr moderaten Betrag eingewilligt.

Meinolf rauchte weiter an seiner Zigarette. Als er damit fertig war, drückte er sie aus, stand auf und warf die Kippe in den Papierkorb neben der Bank. Er beugte sich vor, holte aus seiner Packtasche eine Plastikflasche mit Bier heraus und bemühte sich, nachdem er sich gesetzt hatte, deren Verschluss vorsichtig zu öffnen. Warum sollte ihm das schwerer fallen als dieser Sara seinerzeit in Mödlich? Meinolf wollte es ausprobieren, genauso wie das Biertrinken auf einer Bank im Freien überhaupt, dazu hatte er bisher noch keinen Zugang gefunden. So etwas roch nach Freiheit und Abenteuer.

„Meinolf, Du musst lockerer werden", hatte Janine bei jeder passenden und unpassenden Gelegenheit zu ihm gesagt. Meinolf schraubte an dem Verschluss seiner Bierflasche. Er ließ Kohlensäure entweichen und versuchte, vor dem Aufschäumen des Bieres die Flasche wieder zu verschließen. Janine war Vergangenheit, bittere Vergangenheit. Meinolf ließ wieder und immer wieder Kohlensäure aus der Bierflasche entweichen, bis er sicher sein konnte, dass das Bier in der Flasche trinkbar war. Mühsam war es, aber es schien erlernbar. Die Flaschen – eine weitere hatte er noch in seiner Packtasche – hatte er vorgekühlt und zuletzt in das Eisfach gelegt. Warum nur hatte diese Sara in Mödlich das Öffnen einer Bierflasche in so kurzer Zeit geschafft? Wahrscheinlich hatte es an dem Bügelverschluss der Glasflasche gelegen. Meinolf trank einen ersten Schluck aus seiner Flasche. Das Bier war kalt und schmeckte gut. Die Rückfahrt vom Höhbeck zur Ferienwohnung vor einigen Tagen war schrecklich gewesen, die letzten Kilometer auf der Felge fahrend, gegen den Wind und in einem Regenguss. Es war schön, das Unwetter auf der Höhe unter dem Aussichtsturm ausblenden zu können. Meinolf streckte seine Beine aus.

Ein Fahrradfahrer näherte sich Meinolfs Bank, breitbeinig die Pedale bewegend, eine Art Prinz-Heinrich-Mütze auf dem Kopf, dem alten Bauern ähnlich, aber der konnte es nicht sein, der war ja tot. Meinolf trank einen Schluck Bier, stellte die Flasche auf der Bank ab und wartete, bis der Fahrradfahrer auf der Höhe seiner Bank war. „Moin", sagte der und tippte an seine Mütze.

„Moin", erwiderte Meinolf und wartete mit dem nächsten Schluck, bis der Radfahrer sich ein wenig entfernt hatte. Der Grabstein des Schriftstellers, dessen Grab er schon am Tag zuvor besucht hatte, hatte heute wieder anders ausgesehen als sonst: Von der Sonne beschienen, alabasterfarben, prächtig und majestätisch zugleich. Das, was er über diesen Schriftsteller wusste, kannte er aus dem Klappentext seiner Bücher und dem Internet, aber mehr auch nicht. Was hätte es auch bedeutet, hätte er sich mit diesem Menschen noch zu Lebzeiten unterhalten können? Hätte es etwas gebracht? Hinterlassen hatte dieser seine Bücher, diese waren das Vermächtnis eines Schriftstellers, sein Lebenswerk, nicht seine Person, nicht der Ort, an dem er gewohnt oder an dem er Fußball gespielt hatte. Hätte dieser Schriftsteller sich überhaupt mit ihm, Meinolf, unterhalten wollen? Meinolf trank einen weiteren Schluck. Mal sehen, ob er Lockerheit mit Biertrinken auf einer Bank vor einer alten Eisenbahnbrücke trainieren konnte.

Als er mit dem alten Bauern einige Tage zuvor das Gespräch über die offensichtlich schon lange überfahrene Katze geführt hatte, hatte er nicht ahnen können, was wenig später passiert war: Da waren nach und nach drei Polizeiwagen angekommen, hatten vor dem Klinkerbau den Ferienwohnungen gegenüber geparkt, und die Beamten hatten die Wohnung des alten Bauern betreten. Meinolf, der eigentlich zum Einkaufen hatte fahren wollen, hatte aus Gründen der Diskretion seine Wohnung nicht verlassen. Es hatte nicht so aussehen sollen, als wäre er neugierig. Er hatte sich in der Küche zu schaffen gemacht, und da hatte es sich nicht vermeiden lassen, ab und zu einen Blick aus dem Fenster zu werfen. Später war noch eine mittelalte Frau gekommen und war in den Klinkerbau gegangen. Zwei Polizeiwagen waren weggefahren, einer mit zwei Beamten war noch dageblieben und erst gefahren, nachdem der Arzt, wie man unschwer sehen konnte, gekommen und nach einer Viertelstunde wieder gefahren war. Der Arzt hatte genau dem Klischee entsprochen, welches man sich von einem Landarzt machte: Großer SUV mit dem Schild „Arzt im Dienst" hinter der Windschutzscheibe, gekleidet mit weißer Hose und weißem Polohemd, einen voluminösen Arztkoffer in der Hand, mit professioneller Freundlichkeit allen Beteiligten die Hand gebend, aber in einer Art und Weise, die zu sagen schien, man möge ihn nicht zu lange aufhalten, denn er, ein wichtiger, vielbeschäftigter Mann, müsse noch weiter.

Meinolf trank einen weiteren Schluck Bier. Die Flasche leerte sich. Er wollte sich nicht betrinken, sondern einfach nur ausprobieren, wie es war, draußen auf einer Bank bei einem Bier zu entspannen. Frau Beyer hatte später noch mit Meinolf gesprochen, noch ganz unter dem Eindruck des Erlebten. Die Betreuerin des alten Bauern hätte sie, Frau Beyer, angerufen, da der alte Mann nicht erreichbar gewesen wäre und da hätten sie beide, Frau Beyer und ihr Mann, die unverschlossene Wohnungstür geöffnet und den alten Bauern in seinem Haus ganz friedlich auf dem Bett vorgefunden, so als ob er schliefe. „Wahrscheinlich war es das Beste für ihn, so friedlich einzuschlafen", hatte sie hinzugefügt. Meinolf hatte zugestimmt. „Ich habe einige Male mit ihm gesprochen. Glücklich wirkte er in dieser Welt nicht", hatte er gesagt. Die Frage, welche Umstände denn dazu geführt hätten, dass der alte Mann sein Leben nicht mehr alleine meistern konnte, hatte er sich verkniffen. So etwas gehörte sich nicht.

Die Bierflasche war leer. Meinolf fragte sich, was der alte Bauer früher wohl für ein Mensch gewesen war, bevor er unter Betreuung stand. Wie war es gewesen, als dieser Bauer mit seinem Vater zusammen das Haus gebaut hatte? Hatte eine Mutter existiert? Hatte er, als er jünger war, eine Freundin oder eine Frau gehabt oder hatte er sich vielleicht, zurückgewiesen von einem Mädchen, unter dem Maibaum mit Bier und Schnaps die Kante gegeben? Meinolf stand auf und legte die leere Bierflasche in die Packtasche zurück. Nach einem weiteren Bier war ihm nicht zumute. Es war wohl nicht sein Ding, einfach in der Sonne zu sitzen, ein Panorama zu genießen und bei einer Flasche Bier die Seele baumeln zu lassen. Er überprüfte gewohnheitsmäßig den Lenkerrucksack an seinem Fahrrad, dann stieg er auf, um für diesen Tag zu seinem Quartier zurück zu radeln. Für einen der nächsten Tage wäre Hitzacker sicherlich ein lohnendes Ziel.

Himbergen

Der Fahrradweg verlief auf dem Deich zwischen Grünland und einer kleinen Straße. Hinter dem Grünland standen am Ufer der Elbe einige Bäume, die ab und an einen kleinen Auwald bildeten. Auf der elbseitigen Seite des betonierten Fahrradweges waren flexible Weidezäune für Schafe angebracht worden. Eigentlich sah alles sehr pittoresk aus: Die blökenden Schafe hinter dem Weidezaun und dahinter das Panorama der Bäume mit der Elbe. Aber der Fahrradweg wurde durch den Weidezaun eingeengt und der Gegenverkehr nahm zu. Meinolf fühlte sich unwohl. Er beschloss, auf dem Rückweg durch die Dannenberger Marsch zu fahren, da wäre es sicherlich nicht so voll wie hier auf dem Weg nach Hitzacker. Eigentlich war es unklug, an diesem schönen Tag über den Elbe-Radweg nach Hitzacker zu fahren, aber nun hatte Meinolf einmal damit begonnen und er freute sich auf ein Eis in der Eisdiele am Marktplatz von Hitzacker.

Wussegel, ein Ort, der aus einem Ausflugslokal und einigen Häusern bestand, war erreicht. Hier endete der autofreie Radweg auf dem Deich. Meinolf fuhr über eine plattierte Schräge herunter auf die kleine Straße, welche an diesem Tage stärker frequentiert war als sonst. Hier, in Wussegel, war der Deich auf einer kleinen Strecke niedriger als sonst, das hatten die Helfer beim letzten Elbehochwasser schmerzlich erfahren müssen. Meinolf fragte sich, warum gerade hier, an dieser Stelle, kein Deich von normaler Höhe gebaut worden war, warum man dies nicht für nötig erachtet hatte, doch dann überholte ihn eine Kolonne von Motorrädern und er hatte damit zu tun, die Spur zu halten. Wenig später bog er an einer Kreuzung ab. Von hier aus führte ein von Buschwerk gesäumter Wirtschaftsweg nach Hitzacker.

Meinolf parkte sein Fahrrad in einer Seitenstraße, die zum Marktplatz führte. Hier befand sich ein Parkplatz für einige Autos und viele Fahrräder, dahinter lag ein Häuschen mit Duschen und Toiletten für Wassersportler und Touristen. Von hier aus waren es nur wenige Schritte bis zum Marktplatz. Meinolf schloss sein Fahrrad ab und steckte den Schlüssel in sein Fahrradtrikot. Er nahm den Lenkerrucksack ab – seine Packtasche brauchte er an diesem Tag nicht – und machte sich auf den Weg. Er bog um eine Ecke und hatte den Marktplatz vor sich. Wie erwartet, waren hier einige Touristen unterwegs. Vor dem Schalter der Eisdiele standen nur wenige Menschen wartend an, aber die Tische vor der Eisdiele schienen sämtlich besetzt. Meinolf ging näher an die Eisdiele heran. Er war unschlüssig. Er überlegte, ob er sich das entwürdigende Warten auf einen freien Sitzplatz antun wollte und, falls erfolgreich, mit welchen Menschen den Tisch zu teilen er das fragwürdige Vergnügen haben könnte. Die Alternative bestand aus einem Hörnchen mit Eis, welches er im Gehen hätte verzehren müssen, denn irgendwelche freien Bänke gab es hier, an diesem Tag, in Hitzacker sicherlich nicht.

„Ein Sitzplatz ist hier noch frei." Meinolf drehte den Kopf. An einem kleinen runden Zweiertisch saß ein älterer Herr mit Sonnenbrille. „Ich nehme meine Utensilien mal vom Stuhl gegenüber. Natürlich nur, wenn Sie wollen."

„Natürlich gern", beeilte sich Meinolf zu sagen, im Moment aber gegen seine Überzeugung.

Der ältere Herr erhob sich kurz von seinem Platz und zog eine Tasche von dem leeren Stuhl ihm gegenüber. „Bitte", sagte er und wies auf den jetzt freien Stuhl. „Ich wollte Sie nicht nötigen", fügte er hinzu, „aber ich sah Sie hier so unschlüssig stehen, wahrscheinlich auf der Suche nach einem ganz gemütlichen Eis im Sitzen, vielleicht einem Kaffee dazu, und da habe ich Sie angesprochen."

„Das finde ich nett", sagte Meinolf und setzte sich. „Sie haben es in der Tat erraten. Ich wollte einfach nur ein kleines Eis essen und zu dem Eis einen Espresso trinken. Aber so wie es aussah, hätte ich ohne Ihre Initiative dazu keine Chance gehabt. Vielen Dank noch mal." Er musterte sein Gegenüber. Er sah einen sorgsam gescheitelten älteren Herrn vor sich in einem dunkelblauen Blazer mit Goldknöpfen, in der Brusttasche ein weißes Taschentuch. Der oberste Knopf eines weiß-blau gebänderten Hemdes war offen, dahinter steckte ein Einstecktuch. Soweit er an den übereinander geschlagenen Beinen erkennen konnte, trug dieser Herr eine Tuchhose und Lederschuhe. „Alte Schule" hätte man früher gesagt, „distinguiert" oder „Grandseigneur", aber Meinolf hatte für derartige Erörterungen keine Zeit.

„Was darf es denn sein?" fragte die Bedienung.

Der ältere Herr wies auf Meinolf. „Bitte, Sie zuerst."

Meinolf folgte der Aufforderung. „Zwei Kugeln Stratiatella und einen Espresso bitte."

„Für mich einen Erdbeerbecher", fügte der ältere Herr hinzu. „Kommt sofort", sagte die Bedienung und schrieb die Bestellung auf einen Notizzettel.

„Im Grunde ließe sich das heute alles Online erledigen", sagte der ältere Herr. „Es gibt Geräte, von denen aus man am Platz des Kunden alles eingeben kann und dann nur noch die Waren am Tresen abholen muss, aber ich finde, diese Art der Bedienung hier hat doch einen ganz eigenen Charme."

„Da gebe ich Ihnen völlig Recht", meinte Meinolf, „und ich finde, hier in Hitzacker hat ein solcher Bedienungsstil seine Berechtigung. Lassen wir uns überraschen, wie lange wir zu warten haben."

„Wie man sieht, sind Sie auf einer Fahrradtour", fragte der ältere Herr, „was unternehmen Sie gerade? Ich muss mich im Übrigen entschuldigen wegen meiner Sonnenbrille. Ich fände es besser, wenn man sich bei einem Gespräch in die Augen sehen könnte. Aber diese Brille muss ich tragen, weil ich etwas lichtempfindlich bin. Aber um auf meine Frage zurückzukommen, was für eine Tour machen Sie soeben?"

„Ich habe einen Onkel", sagte Meinolf, „der ist erfolgreich am grauen Star operiert worden. Aber jetzt braucht er eine Sonnenbrille. Ich finde es nicht schlimm, wenn man eine Sonnenbrille tragen muss, es wird Gründe haben. Ich trage auch beim Fahrradfahren eine Sonnenbrille, sie ist zwar nur leicht getönt, aber sie ist gut gegen die Mücken. Wenn die vor das Auge schlagen, dann ist man doch für einen kurzen Moment wie behindert. Um auf Ihre Frage zurückzukommen: Ich fahre sehr gern durch die Dannenberger Marsch, mal rechtsrum, mal linksrum, wie es mir gerade im Sinn steht."

„Aber nicht planlos." Der ältere Herr schien zu lächeln. „Nein, niemals planlos. Aber scheinbar ohne Ziel." Meinolf lächelte zurück. „Ich wohne übrigens in Damnatz. Das ist in der Nähe der Elbbrücke, die nach

Dömitz hinüberführt. Ich weiß nicht, kennen Sie diese Brücke oder die Bundesstraße hunderteinundneunzig, die über diese Brücke führt?"

„Über diese Brücke bin ich gerade gekommen. Jetzt wollte ich mich mit einem Erdbeerbecher stärken und dann weiterfahren."

„Wohin?" fragte Meinolf, aber da kam schon die Bedienung und stellte vor ihn ein Schälchen mit zwei Eiskugeln sowie einen Espresso und vor sein Gegenüber einen Erdbeerbecher. „Ich nehme an, Sie essen immer einen Erdbeerbecher?"

„Sicher", sagte sein Gegenüber, „aber ich nehme auch an, dass Sie immer zwei Kugeln Stratiatella und einen Espresso bestellen."

„Sicher", wollte Meinolf sagen, aber der ältere Herr legte den Löffel aus der Hand. „Sagt Ihnen der Name Himbergen etwas?"

„Sicher", sagte Meinolf jetzt. „Himbergen liegt in der Görde. Zwischen Himbergen und dem Ort Görde liegt ein Naturschutzgebiet. Es heißt „Breeser Grund". Da war ich manchmal für irgendwelche Exkursionen. Da kommt es quasi zwangsläufig vor, dass man zu diesem Zweck durch den Ort Himbergen fährt. Aber ich nehme mal an, daß Sie mit dem Namen oder dem Ort Himbergen etwas anderes verbindet."

„Ja", sagte der ältere Herr, „wenn Sie wollen, werde ich Ihnen davon erzählen, aber ich glaube, es ist besser, wenn wir erst einmal das Eis essen." Er nahm einen langstieligen Löffel, der neben seinem Erdbeerbecher lag, in die Hand.

„Das ist eine gute Idee", meinte Meinolf. Er tat etwas Zucker in seinen Espresso, rührte um und leerte die Tasse zur Hälfte. Dann öffnete er die offensichtlich obligatorische Packung mit Gebäck, die neben seinem

Eis lag, nahm den Inhalt heraus und verzehrte ihn. Danach begann er, sein Eis zu essen. Dieser Ablauf war bei ihm immer derselbe, gewohnt, einstudiert, wie auch immer man es bezeichnen würde.

„Wollen Sie meinen Keks?" hörte Meinolf von gegenüber. Er legte seinen Löffel beiseite. Er war irritiert. Das hatte er früher erlebt, wenn sie gemeinsam Eis essen gegangen waren. Sie hatte ihm ihren Keks angeboten, den Keks, den sie nie aß, und er hatte ihn angenommen. Manchmal hatte er ihn schon eingeplant zwischen der letzten Kugel Stratiatella und der letzten Hälfte des Espresso.

„Ich will Ihnen den Keks nicht aufdrängen", hörte Meinolf von gegenüber, „aber ich esse ihn nicht."

„Ich nehme ihn gerne", sagte Meinolf. „Danke." Er nahm den Keks in der Plastikverpackung entgegen und verzehrte den letzten Rest von seinem Eis. Dann öffnete er die Verpackung und aß den Keks. Zum Schluss trank er die Espressotasse leer.

„Das Eis war gut", sagte sein Gegenüber. Meinolf pflichtete ihm bei.

„Ich wollte Ihnen den Keks nicht aufdrängen", wiederholte der ältere Herr.

„Das haben Sie auch nicht", sagte Meinolf, „ich habe ihn gern gegessen. Aber Sie wollten mir erzählen, was Sie mit Himbergen verbindet. Sie haben mich neugierig gemacht."

„Ich bin heute in meiner Vergangenheit gewesen", sagte der ältere Herr und strich sich über seine Haare, obwohl es nicht nötig gewesen wäre. „Erst war ich nördlich der Elbe – im Bereich Ludwigslust. Dann habe ich die Elbe Richtung Süden überquert und gleich werde ich nach Himbergen fahren."

„Was haben Sie erlebt?" fragte Meinolf.

„Es war direkt nach dem Ende des Zweiten Weltkriegs. Die rote Armee kam von Osten, die Alliierten kamen aus den anderen Himmelsrichtungen. Niemand wusste, wie es weitergehen würde, nichts konnte man wissen. Es kam aus derzeitiger Sicht nur darauf an, *wo* es für uns weiterging, das heißt, mit welchem Militär man zu tun hatte. So fuhren mein Vater und ich von einer Stadt nordwestlich von Berlin", er nannte einen Namen, „Richtung Westen, besser gesagt, Nordwesten. Wir fuhren in einem alten Peugeot mit Holzvergaser auf einer Reichsstraße, seinerzeit der größten Achse von Berlin nach Hamburg, ich glaube, es war die Reichsstraße fünf. Wissen Sie, was ein Holzvergaser ist?"

„Erklären Sie es mir", sagte Meinolf.

„Wegen der Benzinknappheit wurde damals auf dem Heck eines Autos eine Art Ofen eingebaut, der mit Buchenholz geheizt wurde. Das auf diese Weise produzierte heiße Luftgemisch wurde über einen Schlauch in den Motor eingebracht, der auf diese Weise lief."

„Und das funktionierte?" Meinolf hatte bisher nichts über einen Holzvergaser gehört.

„Das funktionierte", sagte der ältere Herr. „Wir kamen bis in die Nähe von Ludwigslust, dann brach der Wagen aus anderen Gründen zusammen. Sie können sich vorstellen, wir waren nicht allein. Ganz viele Menschen waren auf der Flucht vor der Roten Armee, es war ein riesiger Treck, ja fast ein Exodus von Osten nach Westen, und die Hilfsbereitschaft war enorm. Es gelang uns, auf einem Lastwagen mitgenommen zu werden. Wir hatten die Nachricht bekommen, auf der anderen Seite der Elbe wären wir auf dauerhaft amerikanisch besetztem Gebiet. Die Grenzen der

Besatzungszonen waren zwar noch nicht endgültig festgelegt worden und die Truppen der Siegermächte waren noch gar nicht sortiert, aber es hörte sich relativ sicher an. Wissen Sie, Nachrichten im heutigen Sinne waren das nicht. Es waren mehr Gerüchte. Also fuhr unser Lastwagen von der Gegend um Ludwigslust nach Süden Richtung Elbe."

„Aber die Brücken waren doch alle kaputt?" wandte Meinolf ein.
„Das war im Grunde egal. Erstens wussten wir das nicht genau und zweitens wussten wir ja sowieso nicht, wie es weitergehen würde. Sagen wir mal so, mehr Möglichkeiten, etwas zu beeinflussen, hatten wir ja auch gar nicht. Also irgendwie zur Elbe und dann weitersehen. Vielleicht gab es an der Elbe eine Brücke oder ein Boot oder sonst irgendetwas. Wir fuhren also mit dem Lastwagen in Richtung Elbe. An einer Eisenbahnlinie mussten wir halten. Da kam ein Zug daher, auf dem sich amerikanische Panzer befanden. Der Zug fuhr langsam auf den Bahnübergang zu, dann hielt er, und wir alle auf dem Lastwagen hielten den Atem an. Glauben Sie mir, soviel Angst habe ich noch nie gespürt, jeden Moment konnte einer der Panzer auf uns schießen. Aber dann fuhr der Zug wieder an, wir überquerten die Bahnlinie und gelangten zur Elbe. Dort hatten die Amerikaner eine Ponton-Brücke errichtet und wir konnten über diese die Elbe überqueren. Sie müssen wissen, dass es nach dem unmittelbaren Ende des Zweiten Weltkriegs allen Wehrmachtsangehörigen untersagt war, ihre aktuelle Position zu verändern. Dennoch kam es zu Bewegungen und die Amerikaner ließen die Deutschen gewähren. Ja, ein amerikanischer General ging noch weiter, er ließ diese Ponton-Brücke gegen ausdrückliche Order bauen und bewahrte auf

diese Weise viele Wehrmachtsangehörige vor russischer Kriegsgefangenschaft. Mein Vater und ich waren zwar Zivilisten, er war unabkömmlich, seinerzeit hieß das U.K., und ich war noch zu jung für die Wehrmacht, aber wir konnten auf diese Weise von der Brücke profitieren."

„Was haben Sie dann gemacht?" fragte Meinolf.
„Wir haben uns ein Lager gesucht", antwortete der ältere Herr. „Wie bereits gesagt, wir wussten ja nicht, wie es weitergehen würde. Wir waren zwar keine Wehrmachtsangehörige, aber auch für uns war es nötig, weiter zu existieren. Essen, Schlafen, Waschen, das waren unsere Grundbedürfnisse und der Bevölkerung, die hier lebte, ging es genauso. Diese Menschen konnten uns nicht noch zusätzlich mit durchfüttern und klauen wollten wir nicht. So kamen wir in das Lager Himbergen. Erst hatten wir Schwierigkeiten, als Zivilisten dort aufgenommen zu werden, aber irgendwie klappte es dann doch. Und die Amerikaner haben ihre Verpflegungspakete mit uns geteilt. EPA hießen diese bei uns, Einsatzverpflegungspakete. Das war sehr honorig. Später, als alles vorbei war, habe ich viel in den USA gearbeitet. Ich habe mich dort immer sehr wohl gefühlt. Vielleicht lag es ja an dieser Art, in der die Amerikaner mit uns umgegangen sind." Der ältere Herr machte eine Pause.

„Allerdings", fuhr er fort, „hatte ich anfänglich mit den Amerikanern auch Schwierigkeiten. Auch wenn man das heute nicht mehr sieht, ich war relativ groß und kräftig gebaut. Unter Friedrich dem Großen hätte man das ein Gardemaß genannt. Die Amerikaner sahen das anfänglich auch so. Sie benahmen sich so, als könnte ich ein junger SS-Mann sein, womöglich zur Erziehung und Ausbildung in einer Ordensburg, aber das war ich nun einmal nicht." Der ältere Herr verzog sein Gesicht und versuchte ein Lächeln. „Nach einiger Überzeugungsarbeit war dieser Vorwurf aus der Welt. Ich habe nie eine Uniform getragen und wollte es auch nie, aber viele meiner Zeitgenossen konnten es sich nicht aussuchen."

„Was haben Sie heute gemacht?" fragte Meinolf.

„Ich war einfach noch einmal da. Ich bin nach Ludwigslust gefahren und habe eine Bahnstrecke überquert, welche dieselbe hätte sein können, die wir auch damals überquert haben. Ich bin von dort aus nach Süden gefahren, auf der gut ausgebauten Bundesstraße hunderteinundneunzig und habe die Elbe auf einer großen breiten Brücke überquert. Eine konkrete Erinnerungsreise war das sicherlich nicht. Jetzt sitze ich hier in Hitzacker, habe ein Eis gegessen und werde gleich nach Himbergen fahren. Ich werde zu dem Ortsschild kommen, durch den Ort hindurch fahren und nichts, aber auch gar nichts, wird mich realiter daran erinnern, was ich vor langer Zeit erlebt habe. Dann werde ich nach Uelzen fahren, um die Nacht in einem öden Hotelzimmer zu verbringen, weil ich nicht so lange nach Hause fahren mag. Und dennoch – all das ist mir wichtig."

Die Bedienung kam. „Noch einen Wunsch?" Es war leerer geworden in der Eisdiele. „Nein, bitte zahlen", sagte der ältere Herr. „Ich nehme mal an, es wäre Ihnen nicht recht, wenn ich Ihre Rechnung übernähme, aber mir wäre es wichtig."

„Das können wir später aushandeln", sagte Meinolf, auch in Hinsicht auf die Bedienung, die es trotz der geringer gewordenen Kundenzahl eilig zu haben schien.

„Also zusammen." Die Bedienung zog ihre Geldbörse hervor. „Das macht dann acht Euro achtzig."

„Ist recht", sagte der ältere Herr, nahm sein Portemonnaie aus seiner Tasche, entnahm ihm eine Zehn-Euro-Note und gab sie der Bedienung.

„Danke", sagte die Bedienung und trug das Geschirr ab.

„Es ist völlig unwichtig", sagte der ältere Herr zu Meinolf, „ob Sie mir jetzt Geld zurückgeben oder nicht. Ich möchte mich bedanken. Sie haben mir zugehört. Ich habe manchmal, wenn ich etwas von früher erzählt habe, meine Gesprächspartner gefragt, ob ich sie damit nicht langweile. Bei Ihnen habe ich das Gefühl gehabt, dass ich das bei Ihnen nicht tun müsste. Ich weiß auch nicht, warum. Manchmal frage ich mich, ob es überhaupt erlaubt ist, das, was ich erzählt habe, zu erinnern. Es ist ein Nachkriegsthema. Da wehren alle Leute ab. Es ist unappetitlich, keiner beschäftigt sich gerne damit. Besonders schlimm ist es, wenn das Gegenüber befürchten muss, irgendwelche revanchistische Parolen aufgetischt zu bekommen. Was sagen Sie dazu? Ist es erlaubt, das, was ich Ihnen erzählt habe, zu erinnern?"

„Ich habe Ihnen gerne zugehört", sagte Meinolf, „Und das, was Sie erzählt haben, war auf keine Weise langweilig. Es gehört zu Ihrem Leben. Ich will jetzt nicht pathetisch werden, aber ein Recht auf Erinnern hat doch jeder Mensch, unabhängig vom Thema."

„Vielen Dank." Der ältere Herr legte das Portemonnaie in seine Tasche zurück und stand auf. „Wie schon gesagt, bevor ich zu meinem Hotel fahre, werde ich nach Himbergen fahren, ohne dort etwas Konkretes zu sehen. Aber es ist mir wichtig. Vielen Dank noch einmal."

„Gerne." Meinolf stand gleichfalls auf und nahm seinen Lenkerrucksack.

„Ich muss zu dem Parkplatz vor den Toren", sagte der ältere Herr. „Vielleicht sieht man sich ja noch einmal." Er ging los und verschwand in Richtung des großen Parkplatzes, der vor der Innenstadt von Hitzacker gelegen war. Meinolf ging in die entgegengesetzte Richtung. Er schloss sein Fahrrad auf und fuhr aus Hitzacker heraus. Eine alte Borgward-Isabella, ein offenes Coupé, kam an ihm vorbei. Meinolf sah sich den Fahrer an. In diesem Auto hätte er sich sein Gegenüber in der Eisdiele vorstellen können, aber es saß ein anderer Fahrer darin.

Meinolf fuhr von Hitzacker Richtung Wussegel zurück. Kurz vor Wussegel bog er ab und nahm den autofreien Weg am Deich Richtung Dannenberg. Hier war es menschenleer und Meinolf genoss es, das Fahrrad langsam auf den Betonplatten rollen zu lassen. Ein Storch kreiste über ihm, die Thermik schien gut zu sein. Meinolf hielt an und beobachtete den Storch, bis ihm der Jeetzel-Deich die Sicht nahm. Er erreichte die Bahnlinie nahe dem Bahnhof Pisselberg. Kein schöner Name, ging es ihm durch den Kopf, Himbergen klang da wesentlich schöner. Die Geschichte des älteren Herrn beschäftigte ihn. Er bog vor der Bahnlinie auf einen kleinen, gewundenen Wirtschaftsweg ab, welcher ihn nach Predölsau führte. Er fuhr weiter nach Breese in der Marsch, den Ort, in dem der Schriftsteller gewohnt hatte und dann über Gümse an die Straße heran, die nach Damnatz führte. Am Quartier stieg er vom Fahrrad, brachte es in den Schuppen, nahm den

60

Lenkerrucksack ab und betrat seine Wohnung. Warum nur hatte ihn das Ereignis am Marktplatz von Hitzacker, als ihm der Keks angeboten wurde, schon wieder an Janine erinnert?

Kathrin

I

Meinolfs Handy klingelte. Es klingelte nicht häufig, das lag zum einen daran, dass Meinolf es häufig ausgeschaltet hatte, zum anderen, dass in dieser Ferienwohnung der Empfang nicht selten gestört war. Im Augenblick schien der Empfang aber zu funktionieren. Das konnte unter anderem daran liegen, dass das Handy in der Ladestation steckte. Meinolf hatte keine Eile, das Handy in die Hand zu nehmen. Er drückte die grüne Taste. „Ja bitte."

„Bist Du es, Meinolf? Hier ist Kathrin."

„Ja, ich bin es. Kathrin, was treibt Dich denn um, mich anzurufen?"

„Meinolf, ich wollte Dir zum Geburtstag gratulieren."

„Das finde ich nett." Meinolf bemühte sich, diese Worte glaubhaft klingen zu lassen. Er wollte nicht darauf hinweisen, dass sein Geburtstag bereits einen Monat zurücklag und er auf derartige Jubiläen ohnehin keinen Wert legte. Aber eigentlich freute er sich wirklich über Kathrins Anruf.

„Wo habe ich Dich erreicht", fragte Kathrin. „in Deiner Erstwohnung oder in Deinem Refugium?"

„Wenn Du so willst, in meinem Refugium. Weißt Du, es ist ein wenig kompliziert, eine echte Zweitwohnung habe ich hier nicht, ich wohne in einer Ferienwohnung, aber nicht genau in derjenigen, in der ich gerne gewohnt hätte. Aber das macht nichts, ich ziehe mich eben ab und zu einmal in diesen Landstrich zurück. Sag mal, wann zuletzt haben wir miteinander telefoniert. Ist das nur ein paar Monate her oder ein halbes Jahr?"

Kathrin ging nicht darauf ein. „Du Ärmster, da werden ja ganz sicher ganz große Ansprüche an Deine Flexibilität gestellt werden."
Meinolf musste daran denken, wie unkompliziert Kathrin in manchen Dingen sein konnte. Als die beiden sich vor einigen Jahren das letzte Mal gesehen hatten – nun, es war ein wenig mehr als nur ein Sehen gewesen – war Kathrin ganz entspannt in seinem Arm eingeschlafen. „Man wächst an seinen Aufgaben", hörte Meinolf sich sagen. „Aber jetzt sag mal selbst, wie geht es Dir, Kathrin?"
„Mir geht es gut, ich bin zufrieden. Ich denke, ich habe eine bestimmte Work-Life-Balance gefunden, die auf mich sozusagen maßgeschneidert ist."

Der Empfang wurde deutlich schlechter. „Kathrin, warte mal, ich gehe gerade in die obere Etage, ich hoffe, da ist der Empfang besser. Moment." Meinolf stieg die Treppe hinauf und setzte sich auf den Stuhl zwischen dem kleinen Schreibtisch und dem Gästebett. „Kannst Du mich gut hören? Ich sitze jetzt hier zwischen einem Schreibtisch und einem kleinen Ausweichbett, da ist normalerweise der beste Empfang." Er bemühte sich, ein Schnaufen zu unterdrücken.
„Ja, ich kann Dich bestens hören." Kathrin lachte. „Hast Du einen ganzen Harem dabei wegen des Ausweichbettes?"
„Nein, Kathrin, ich bin allein. Es ist nur so, dass die Vermieter alles genau geplant haben und auch alle Eventualitäten einkalkuliert haben, zum Beispiel wenn

jemand schnarcht. Deswegen gibt es hier in dieser Wohnung sozusagen ein Zweitbett."

„Wo genau ist das denn, wohin Du Dich zurückgezogen hast?" wollte Kathrin wissen.
„Das ist an der Elbe, der Ort heißt Damnatz." Meinolf verkniff sich den Hinweis, dass der Ortsname auf der zweiten Silbe betont wurde. „Der nächste akzeptable Bahnhof heißt Uelzen. Er liegt etwa vierzig Kilometer entfernt. Ich fahre mit dem Auto quasi an diesem Bahnhof vorbei, wenn ich von Münster nach Damnatz fahre. Der Bahnhof ist nach Plänen von Hundertwasser umgebaut worden, er ist zwar eng, aber ein architektonisches Meisterwerk. Da gibt es ein Hundertwasserklo, das kostet zwar einen Euro, aber wenn es einmal gerade nicht benutzt wird, kann die Klofrau mit Dir eine Führung machen, sowohl in der Damen- als auch in der Herrentoilette." Meinolf bemerkte, dass er zu viel redete, aber Kathrin hatte nun einmal die Gabe, andere Menschen zum Reden bringen zu können. Er bemühte sich, die Redeanteile besser zu verteilen. „Aber erzähle doch noch ein wenig von Dir."
„Kleinen Moment, da kommt gerade eine Message auf der anderen Leitung." Kathrin schien ein wenig hektisch zu werden. „Ich rufe Dich später noch einmal an."

Wann genau? lag Meinolf auf der Zunge, aber da hatte Kathrin das Gespräch schon beendet. Meinolf drückte auf die rote Taste. Damit war sein Handy ausgeschaltet. Er überlegte, wie er sich jetzt verhalten sollte. Hier oben sitzen bleiben, zwischen Bett und Schreibtisch und auf einen Anruf warten, der vielleicht in einer Viertelstunde, vielleicht in drei Stunden oder vielleicht überhaupt nicht käme? Er beschloss, in die untere

Etage zu gehen und das Handy wieder in die Ladestation zu stellen. So schien ein potentieller Empfang gewährleistet. Außerdem verspürte er Hunger. Es sah auf seine Uhr; es war kurz nach sieben Uhr abends. Er stieg die Treppe herunter, stellte das Handy in der Ladestation ab und öffnete den Kühlschrank. Schinken war keiner mehr da, aber Salami war noch vorhanden. Am nächsten Tag müsste er wieder zum Einkaufen fahren.

Er nahm zwei Scheiben Toast aus der Verpackung – er fand es besser, wenn der Toast im Kühlschrank lag – bestrich sie mit Butter, gab Salamischeiben darauf und danach Meerrettich. Zuletzt streute er Käse zum Überbacken darüber. Er drehte den Backofen an, nahm das Backblech heraus und legte die Toastscheiben darauf. Es war besser, das Backblech aus dem kalten Backofen zu nehmen als aus dem vorgeheizten. Er schob das beladene Backblech zurück in den Ofen, klappte die Tür zu und stellte den Kurzzeitwecker auf zehn Minuten. Kathrin war manchmal herrlich spontan, aber auf organisatorischem Gebiet auch unglaublich chaotisch. Es gab Situationen, da war sie ungemein liebenswert, aber mit ihr zusammen leben hätte er, Meinolf, nicht können. Der Wecker klingelte. Meinolf schreckte auf. Er war wohl in Gedanken gewesen. Er öffnete den Backofen. Der Käse war leicht zerlaufen und zeigte eine erste Bräunung, genauso, wie er das liebte. Er nahm ein Pfannenmesser, legte damit die beiden Toaste auf einen Teller und inspizierte das Backblech. Das wirkte relativ unbenutzt, umso besser, dann brauchte er es nicht zu spülen.

Der erste Toast war verzehrt. Meinolf schnitt von dem zweiten Toast ein Stück ab. Als er sich fragte, ob es nicht doch besser gewesen wäre, den Käse etwas stärker zu bräunen, allerdings auf Kosten einer stärker gerösteten und damit härteren Toastscheibe, klingelte sein Handy. Meinolf legte das Besteck beiseite, nahm das Handy und drückte auf die grüne Taste. „Ja bitte", sagte er.

„Meinolf?" fragte Kathrin.

„Ja."

„Ganz kurz nur. Ich muss in den nächsten Tagen nach Hamburg. Ich habe das mal am PC gecheckt. Ich komme morgen um sechzehn Uhr achtzehn in Uelzen an. Das Hundertwasserklo interessiert mich. Du hast ein Auto, wie Du mir erzählt hast. Kannst Du mich abholen? Ich muss dann an einem der nächsten Tage weiter. Geht das klar? Du hast doch das sogenannte Zweitbett. Ich bringe einen Schlafsack mit."

„Ja natürlich", sagte Meinolf. So ganz recht war ihm das alles nicht, es roch ihm zu sehr nach Überfall, aber noch bevor er hätte protestieren können, hatte Kathrin das Gespräch beendet. Was sollte er jetzt machen? Kathrin zurückrufen? Zu Frau Beyer gehen und einen zweiten Satz Bettwäsche ausleihen? Wie würde die reagieren, amüsiert, mit hochgezogenen Augenbrauen, diskret oder direkt? Meinolf beschloss abzuwarten. Es wäre allerdings nie verkehrt, noch etwas anderes als nur die Zutaten für überbackenen Toast im Kühlschrank liegen zu haben. Am nächsten Tag, vielleicht auf dem Weg nach Uelzen, wollte er noch einkaufen. Meinolf stand auf. Er inspizierte die Flaschen, die neben der Küchenzeile in einem Regal standen. Er selbst hatte von diesem Service, dieser Minibar, noch nie Gebrauch gemacht, jetzt aber nahm er eine Flasche Secco aus dem Regal und eine Flasche mit Grauburgunder. Er stellte beide Flaschen in den Kühlschrank. Während er sich fragte, was er am nächsten Tag für Kathrin und sich einkaufen sollte und was er seinen Gastgebern sagen sollte, zog er sich schon einmal seine leichten Wanderschuhe an, um noch einen kleinen Marsch zu unternehmen. Danach verzehrte er den zweiten überbackenen Toast, der auf dem Tisch zurückgeblieben und kalt geworden war und stellte dann Geschirr und Besteck in die Spülmaschine, die schon fast voll war. Er legte einen Würfel mit Spülmittel in das entsprechende Fach, stellte die Maschine an und verließ die Wohnung.

Meinolf ging eine Weile auf dem Deich, folgte ihm bis zum Deichknick und stieg dort in das Deichvorland hinab, um hier, unterhalb des Deiches, zurückzugehen. Trotz der vorgerückten Stunde waren noch Singvögel zu vernehmen, die er sämtlich nicht kannte, aber es war schön. Als er wieder in die Wohnung zurückgekommen war, stellte er fest, dass er vor dem Verlassen der Wohnung mit seinen leichten Wanderschuhen einigen Dreck in Flur und Küche verteilt hatte. Er zog die Schuhe aus, stellte sie auf Haushaltspapier und suchte dann nach einem Handfeger und einem Kehrblech, welches er beides unter der Spüle fand. Auf Knien fegte er den Boden, dann stand er auf, leerte das Kehrblech im Mülleimer aus und kontrollierte noch einmal die Ecken. Ein verdreckter Fußboden wäre für den nächsten Tag wirklich nicht angemessen.

Meinolf legte sich früh hin. Am nächsten Morgen stand er zeitig auf, frühstückte und ging hinaus. Er zog seine leichten Wanderschuhe erst vor der Tür an, er wollte nicht noch einmal den Boden fegen. Als er sich die Schuhe schnürte, kam die Vermieterin von ihrer Wohnung hinüber zum Wäschehaus. Sie trug einen Korb.

„Guten Morgen Frau Beyer", grüßte Meinolf.

„Guten Morgen Herr Schmitz", antwortet sie, „schon so früh auf den Beinen?"

„Ich will den Tag noch ein wenig ausnutzen. Am Nachmittag kommt Besuch, ich hole ihn in Uelzen ab."

„Logierbesuch?" fragte Frau Beyer.

„Ja wahrscheinlich", sagte Meinolf.

„Brauchen Sie eventuell Bettwäsche?"

„Wenn das ginge, wäre das natürlich sehr schön." Meinolf fand Frau Beyer erfreulich unkompliziert.

„Kommen Sie mit." Frau Beyer öffnete die Tür des Wäschehauses. „So, hier einmal Laken, einmal Kopfkissenbezug, einmal Bezug für die Bettdecke. Wie ist es mit Handtüchern?"

„Handtücher habe ich noch, ich glaube ein oder zwei frische", sagte Meinolf.

„Hier." Frau Beyer legte Meinolf die Bettwäsche auf den Arm. Dann legte sie noch ein kleines und ein großes Handtuch darauf. „Für morgen dann vier Brötchen?"

„Das wäre schön", sagte Meinolf.

„Sie sagen mir dann morgen, wie lange Sie die vier Brötchen brauchen. Und was die Wäsche betrifft: Was benutzt ist, legen Sie einfach in den Korb hier und was noch frisch ist, tun Sie einfach auf den Bügeltisch." Sie zeigte auf einen Tisch, der mit einem weichen weißen Tuch überzogen war.

„Danke nochmals, Frau Beyer." Meinolf ließ seine Vermieterin, nein, empathische und zugleich diskrete Gastgeberin war mit Abstand der beste Ausdruck, im Wäschehaus zurück. Er trug die Wäsche zu seiner Wohnung, deren Tür er noch nicht verschlossen hatte. Er legte die Sachen vorsichtig auf die Treppe, die völlig sauber wirkte, verschloss die Tür und ging denselben Weg zum Deich, den er am Vorabend genommen hatte. Er folgte dem Deich, aber am Deichknick, an dem er gestern zurückgegangen war, ging er weiter. Die Sonne schien, und im Deichvorland lagerten Schwäne und Gänse. Vogelgesänge erklangen zunächst aus einem Waldstück, später aus einer Heckenreihe. Meinolf lauschte diesen anonymen Gesängen, und obwohl er kaum einen der Vögel, die hier sangen, hätte bestimmen können, war es schön, wie bei einem Musikstück, zu dem sich Musiker zu einer spontanen Improvisation zusammengefunden hatten.

Der Weg auf dem Deich machte einen leichten Bogen, der zu der großen Straßenbrücke führte, welche hier, als einzige Brücke auf über hundert Stromkilometern, die Landkreise Lüchow-Dannenberg im Süden und den Landkreis Ludwigslust im Norden, verband. Ein Fahrradfahrer kam Meinolf entgegen, unterhalb des Deiches auf einem plattierten Wirtschaftsweg. Es war ein alter Mann auf einem klapprigen Fahrrad, einen Korb auf dem Gepäckträger. Meinolf blieb stehen. So in etwa hatte der alte Bauer ausgesehen, mit dem er zweimal einige Worte gesprochen hatte. Aber das konnte nicht sein, der alte Bauer lebte ja nicht mehr. Der Radfahrer fuhr an Meinolf vorbei, es war ein anderer Mann als der alte Bauer, aber die Silhouette, die Art, sich auf dem Fahrrad zu bewegen, das alles wirkte in der Tat sehr ähnlich. Meinolf sah dem Mann lange nach, dann ging er auf dem Weg, den er gekommen war, zurück. Er musste an den alten Bauern denken. Es wäre sowieso völlig abwegig gewesen, ihn auf diesem Weg anzutreffen; so wie er erzählt hatte, fuhr er immer von Damnatz durch die Dannenberger Marsch Richtung Dannenberg.

Als Meinolf wieder an seinem Quartier angekommen war, schloss er die Tür auf. Er zog aber noch vor der Tür seine leichten Wanderschuhe aus und stellte diese auf das Haushaltspapier, das er hatte liegenlassen. Er sah die Bettwäsche und die Handtücher auf der Treppe liegen und trug alles in die obere Etage. Er legte die Sachen auf das Gästebett und wollte schon damit beginnen, es zu überziehen, da fiel ihm ein, dass Kathrin von einem Schlafsack gesprochen hatte. Er ging wieder in die untere Etage. Es war etwa halb zwölf. Um sechzehn Uhr achtzehn sollte Kathrins Zug in Uelzen ankommen. Auch wenn er noch einkaufen wollte, es war eindeutig viel zu früh, um jetzt aufzubrechen. Nach Meinolfs Gefühl wirkte der Tag durch diesen Dienstleistungsauftrag irgendwie zerschnitten und er fühlte sich ein wenig aufgeregt, ohne näher benennen zu können, warum das so war. Er zog eine dünne Jacke an, steckte Papiere und Autoschlüssel ein und zog zuletzt die Schuhe an, mit denen er am besten Auto fahren konnte. Draußen prüfte er noch einmal, ob die Tür verschlossen war, den Herd hatte bereits überprüft (er war ausgestellt), dann stieg er in sein Auto ein. Bevor er losfuhr, checkte er noch Autopapiere und Handy.

Meinolf parkte am Friedhof und ging zu dem Grab des Schriftstellers. Vor dessen Grab blieb er einige Zeit stehen. Der Gedenkstein schien ihm heute aus einzelnen, übereinander liegenden Terrassen zu bestehen, welche durch Überläufe miteinander verbunden waren. Vielleicht sollten Tränen auf diese Weise zu Boden rinnen, aber da konnte er sich auch täuschen, vielleicht war alles nur ein Produkt seiner Phantasie. Ein Buch des Schriftstellers hatte ihn beeindruckt, dieser Eindruck war von diesem Buch geblieben, ohne dass Meinolf hätte sagen können, was denn konkret in ihm geblieben wäre. Er nahm die Elbuferstraße nach Hitzacker, parkte auf dem großen Parkplatz vor der Innenstadt und ging zum Marktplatz. Die Eisdiele hatte schon geöffnet, aber Meinolf verzichtete auf ein Eis. Er schlenderte nur vorbei. Hier hatte der ältere Herr ihm von Himbergen erzählt. Er beendete die Runde um den Marktplatz und ging zur Elbpromenade. Die alten Pegelstände waren durch die des letzten Jahres ergänzt worden, die neuen Schilder hingen deutlich höher als die alten. Meinolf fühlte, dass er Zeit gewinnen wollte. Jetzt war es halb eins und in Uelzen sollte er kurz nach vier sein. Er suchte sein Auto auf, fuhr von Hitzacker nach Dannenberg und kaufte dort in einem Supermarkt ein, von denen es in Dannenberg einige gab. An der Kasse überlegte er noch, ob es sinnvoll wäre, aus dem Regal unter dem Transportband eine Tiefkühltasche zu nehmen, aber dann beließ er es bei einer Einkaufstüte für zehn Cent. Er stellte die Einkaufstüte in den Raum zwischen Fahrersitz und hintere Sitzbank. So konnte sie am wenigsten umfallen.

II

Meinolf fand in Uelzen eine Parkbucht in einer Seitenstraße nahe dem Bahnhof. Er sah auf die Uhr. Der Zug, von dem Kathrin gesprochen hatte, würde in etwa eineinhalb Stunden eintreffen. Die Fahrt über Hitzacker und Dannenberg war lang gewesen, er fühlte, dass er noch die Hundertwasser-Toilette im Inneren des Bahnhofs aufsuchen sollte. Diese war zwar kostenpflichtig – einen Euro hatte er Kathrin genannt – aber die öffentliche Toilette außerhalb des Bahnhofs war in der Regel von Menschen umlagert, in deren Gegenwart sich Meinolf unwohl fühlte. Er ging durch die Unterführung des Bahnhofs bis zu dem Bereich, in dem sich unter anderem Bahnschalter und Gastronomie befanden. Im Toilettenbereich sah er sich wie immer die Fliesen an den Wänden an und erinnerte sich an eine kleine Führung durch diesen Bereich: In diesen Räumen war alles auf die Symbolik des Wassers abgestellt. Das war für Meinolf völlig plausibel und nachvollziehbar. Beeindruckt hatte ihn allerdings, mit wieviel Engagement und Fachkunde die Toilettenfrau diesen Ort als Kunstwerk präsentiert hatte – mit vollem Recht. Das hätte er nicht gekonnt, so etwas lag ihm nicht, das war nicht sein Ding.

Im Bahnhofsgebäude gab es ein Bistro mit Tischen unter freiem Himmel zum Bahnhofsvorplatz hin. Meinolf sah sich um, alles war voll besetzt bis auf einen Tisch an der Gebäudewand, der frei war. Meinolf, der froh war, noch einen Tisch ergattert zu haben, steuerte darauf zu und begann, sich so zu setzen, dass er mit dem Rücken zur Wand Blick auf Gleise und

Bahnhofsvorplatz hatte. Als er sich allerdings auf den Stuhl setzte, bemerkte er, warum dieser Tisch frei war. Da die Bodenflächen nicht im rechten Winkel, sondern in einem Bogen mit der Hauswand abschlossen, stand der Stuhl nicht gerade, sondern kippelte, außerdem war die Sitzfläche nicht waagerecht, sondern neigte sich leicht nach vorne. Meinolf war mit seiner Sitzposition nicht zufrieden, aber es war auszuhalten.

„Was darf es sein?" Eine junge Frau mit einer Schürze kam an Meinolfs Tisch.

„Einen Kaffee bitte."

„Tasse oder Pott?"

„Pott."

„Gern." Die junge Frau gab die Bestellung in ein kleines tragbares Gerät von der Größe eines Handys ein. „Kommt sofort." Meinolf beobachtete die Bedienung, wie sie geschickt die Tische umrundete, Geschirr abräumte und benutzte Aschenbecher auf einem Tablett stapelte.

Obwohl viel zu tun war, kam der Kaffee überraschend schnell. „Bitte, Ihr Kaffee", sagte die Bedienung, die einen schwarzen Pony hatte. „Ich gebe Ihnen den Pott in die Hand. Abstellen sollten Sie ihn erst, wenn Sie ein Drittel abgetrunken haben. Wissen Sie, Sie sitzen am Tisch sechs, einem echten Hundertwassertisch. Nicht nur der Stuhl ist geneigt, der Tisch ist es auch." Die junge Frau hatte lustige Augen. Sie legte Würfelzucker, Kaffeesahne, einen Löffel und einen Keks auf den schiefen Tisch.

„Dann geben Sie mal her." Meinolf nahm den Kaffeepott am Henkel entgegen. „Also erst abtrinken und dann Milch und Zucker hinein?"

„Genau", sagte die Bedienung. „Manche Gäste verlangen eine Preisreduktion, aber eigentlich müssten sie einen Hundertwasser-Zuschlag bezahlen. Insofern haben wir es beim Normalpreis belassen." Sie lachte. Ihr Lachen war ansteckend.

„Einverstanden", sagte Meinolf und trank einen ersten Schluck. Die Bedienung entfernte sich. Meinolf trank so lange von dem heißen Kaffee in kleinen Schlucken, bis er es wagen konnte, seinen Pott abzustellen. Er gab Milch und Zucker hinein und rührte um. Der Kaffeepott, in dem er rührte, sah aus wie der schiefe Turm von Pisa, aber es schien keine akute Rutsch- oder Kippgefahr zu bestehen.

Meinolf hatte gerade den Keks verzehrte, da schellte sein Handy. „Ja bitte", sprach er hinein, nachdem er die grüne Taste gedrückt hatte.

„Meinolf? Hier ist Kathrin. Wo bist Du?"

„Ja, ich bin es. Ich sitze hier im Hundertwasser-Bistro und versuche, einen Kaffee zu trinken. Und wo bist Du?"

„Ich bin gerade in Uelzen angekommen, eine Stunde eher als geplant. Das ist aber schön, dass Du schon da bist. Wo ist denn das, wo Du bist?"

„In der Mitte des Bahnhofs, gleich hinter dem DB-Center. Da sitze ich unter freiem Himmel quasi vor der Tür. Soll ich Dich vom Bahnsteig abholen?"

„Nein, ich suche Dich jetzt auf, warte bitte." Kathrin beendete das Gespräch. Meinolf drückte die rote Taste seines Handys. Er überlegte noch, wie er mit seinem Kaffee verfahren sollte, der ihm halbwegs sicher auf dem schiefen Tisch zu stehen schien, da stand Kathrin schon vor seinem Tisch, einen Rucksack auf den Schultern und obendrauf einen Schlafsack geschnallt. Sie nahm den Rucksack ab und stellte ihn neben den Tisch.

Meinolf stand auf. „Hallo, das ging aber schnell."
Kathrin umarmte ihn und küsste ihn auf die Wange.
„Hallo Meinolf, das ist aber schön, Dich wiederzusehen." Sie küsste ihn erneut, diesmal auf den Mund. „Darf ich?" Sie setzte sich auf den freien Stuhl am Tisch.
„Kathrin, möchtest Du auch einen Kaffee?"
„Nicht unbedingt." Kathrin trank einen Schluck aus Meinolfs Kaffeepott.
„Ich nehme mir einen kleinen Schluck." Sie trank einen zweiten Schluck. „Der Zug war proppenvoll. Diese Zug-Firma, Metronom heißt sie, nimmt keine Reservierungen entgegen. Ich habe mit Mühe einen Sitzplatz bekommen. Aber im Grunde bin ich froh, diesen Zug noch erreicht zu haben. Ich hatte in Hannover nur drei Minuten Übergang, da hatte ich eigentlich mit einem Anschlusszug eine Stunde später geplant. Aber so bin ich eine Stunde eher hier." Kathrin hatte hastig erzählt. Sie machte eine Pause. „Ich finde es schön, dass Du diese Eventualität einkalkuliert hast." Sie lächelte Meinolf an.
Meinolf lächelte zurück. „Na ja, nicht direkt. Ich wollte einfach pünktlich sein."

Kathrin sah gut aus, aber ein wenig abenteuerlich vielleicht doch mit ihren schwarzen Haaren, die ihr bis auf die pinkfarbene Weste fielen, welche sie über einem T-Shirt trug, dazu mit ihren hochhackigen Schuhen und den Stoned-Jeans; eine Frau, nach der man sich auch einmal umdrehen konnte. Ihr Alter, welches Meinolf kannte, hätte man schwer schätzen können. Kathrin trank einen weiteren Schluck aus Meinolfs Kaffeepott. „Das hier scheint mir ein typischer Hundertwasser-Stuhl zu sein." Sie wippte mit dem Stuhl nach rechts und links. „Ist das Klo auch so?

Aber keine Sorge. Ich werde Dich hier nicht aufhalten." Kathrin legte ihre Hand auf Meinolfs Arm. „Ich war gerade noch im Metronom. Am besten bringst Du mich jetzt an die Elbe. Ich bin auf Dein Quartier gespannt."

„Dazu muss ich erst einmal bezahlen", sagte Meinolf.

„Das kann ich verstehen." Kathrin trank den restlichen Kaffee.

Meinolf winkte nach der Bedienung, die gerade wieder draußen zu tun hatte und relativ schnell kam. „Bitte bezahlen."

„Gern. Dann einen Pott Kaffee an dem Hundertwasser-Tisch sechs, macht zwei Euro fünfzig."

Meinolf nahm drei Euro-Stücke aus seiner Geldbörse. „Drei, stimmt so."

„Danke." Die Bedienung sah Kathrin von der Seite an. „Dann wünsche ich noch einen schönen Tag."

„Danke ebenso", sagte Meinolf.

„Großzügig wie immer, der Meinolf", sagte Kathrin, nachdem die Bedienung sich entfernt hatte. Sie stand auf und schulterte ihren Rucksack.

„Ich wollte diesen Job nicht machen." Meinolf stand gleichfalls auf.

„Wo hast Du geparkt?" fragte Kathrin.

„Nicht weit von hier, etwa dreihundert Meter vom Bahnhofsportal entfernt. Soll ich Dir den Rucksack abnehmen?"

„Sehe ich so schwächlich aus?" Kathrin gab Meinolf einen Kuss auf die Wange und hakte sich bei ihm unter. „Lass uns gehen."

Die Fahrt von Uelzen nach Damnatz verlief schweigsam – Kathrin war auf dem Beifahrersitz eingeschlafen. Meinolf war das sehr recht, denn es herrschte Wochenendverkehr und er musste sich auf die stark befahrene Bundesstraße konzentrieren. Er war froh, als er an dem alten Forsthaus auf die kleine Kreisstraße nach Damnatz abbiegen konnte.

„Wir sind da." Meinolf hielt auf dem Grünstreifen vor dem Haus.

„Ach ja?" Kathrin räkelte sich kurz, dann schnallte sie den Sicherheitsgurt ab. „Hier wohnst Du also?"

„Ja, hier wohne ich und fühle mich hier sehr wohl." Meinolf bemühte sich, seine Worte nicht zu gewichtig klingen zu lassen. „Jetzt gehen wir erst einmal hinein. Wenn Du willst, ruhst Du Dich noch ein wenig aus. Später könnte ich Dir die Gegend zeigen. Soll ich Deinen Rucksack nehmen?"

„Nein", Kathrin lachte. „Den Rucksack trage ich schon selbst. Außerdem trägst Du eine Einkaufstüte. Ich bin zwar topfit, aber was verstehst Du unter „Die Gegend zeigen"?"

Meinolf nahm schloss die Haustür auf. „Komm erst mal rein." Er ließ Kathrin hinein, dann schloss er die Tür hinter sich. „Das Wetter ist schön, da dachte ich mir, wir könnten bis zu einer Bank gehen, die etwa zehn Minuten entfernt ist. Wenn die frei wäre, könnten wir dort einen Begrüßungssekt trinken."

„Du Romantiker." Kathrin küsste Meinolf auf die Wange. „Ich will aber eben das Schuhwerk wechseln." Sie sah sich in der Wohnung um. „Hier ist die Küche, dort das Wohnzimmer. Ich nehme mal, zu den anderen Zimmern die Treppe hoch." Ohne Meinolfs Antwort abzuwarten, nahm sie, den Rucksack noch auf den Schultern, die ersten Stufen.

„Ja", sagte Meinolf, „die Treppe hoch", aber da war Kathrin schon verschwunden. Es war typisch für sie, nicht groß zu fragen, sondern erst einmal Tatsachen zu schaffen. Meinolf lud die Einkaufstasche aus, dann nahm er die Flasche Secco aus dem Kühlschrank, stellte sie vorsichtig in seinen Rucksack und legte zwei Plastikbecher dazu. Zuletzt legte er noch zwei Sitzkissen darauf. Die konnte man immer gebrauchen. War die Bank frei, saß man weicher, war die Bank nicht frei, konnte man auf dem Deich im Gras sitzen. Meinolf wechselte das Schuhwerk, indem er seine leichten Wanderschuhe anzog. Kathrin kam die Treppe herunter. „Ich bin fertig." Sie trug Turnschuhe, ansonsten hatte sie ihre Kleidung nicht verändert.

„Willst Du nicht etwas überziehen, oben auf dem Deich kann es etwas zugig sein?" fragte Meinolf.

„Ich habe nichts zum Überziehen", sagte Kathrin.

„Ich gebe Dir meinen Anorak. Bei dem können wir die Ärmel einmal umschlagen." Meinolf holte seinen Anorak von der Garderobe und hielt ihn so, dass Kathrin hineinschlüpfen konnte. Dann krempelte er die Ärmel einmal hoch. „Schick", sagte er.

Kathrin trat vor den Spiegel, der im Flur hing. „Hm", meinte sie, „gut, dass mich hier niemand kennt."

„Du siehst toll aus, Kathrin", widersprach Meinolf, „hübsch, elegant und ein bisschen verwegen. Ich meine es ernst." Er gab ihr einen schüchternen Kuss auf die Wange.

Die Bank war frei. Sie gingen die letzten Meter auf dem Deich, dann setzten sie sich. „Also beruflich bist Du zufrieden?" setzte Meinolf das Gespräch fort. „Ich will jetzt nicht indiskret sein, aber bist Du auch sonst zufrieden?"

„Jetzt bin ich bei meinem Märchenprinzen." Kathrin lächelte. „Hast Du noch einmal etwas von Janine gehört?"

Meinolf schüttelte den Kopf. „Nein, sie ist sozusagen verschollen. Ich weiß bis heute noch nicht, was damals eigentlich los war. Auf einmal war sie weg. Aber das weißt Du ja. Neue Informationen habe ich für Dich nicht. Na ja, einmal hatten wir noch miteinander zu tun. Da ging es um den Verkauf des Hauses, aber es war rein geschäftlich. Einige Briefe, sagen wir besser Schriftsätze, gingen hin und her. Sogar die Unterschriften vor dem Notar haben wir zu unterschiedlichen Terminen geleistet. Immerhin ermöglicht mir der Immobilienverkauf dieses Leben. Aber lassen wir das." Meinolf öffnete seinen Rucksack. Er nahm die Sitzkissen heraus. „Hier, für jeden eines, das ist bequemer." Er verteilte die Sitzkissen, dann zog er die Flasche mit dem Secco und die zwei Plastikbecher heraus. „Dieser Secco hat einen Schraubverschluss. Das ist bequemer zum Öffnen. Außerdem schäumt er nicht so wie richtiger Sekt." Er drehte an dem Schraubverschluss, ließ portionsweise die Kohlensäure ab und füllte die Becher. Die Flasche stellte er vorsichtig neben der Bank ab.

„Prost Kathrin." Meinolf hob seinen Becher.
„Prost Meinolf." Kathrin probierte den Secco. „Lecker." Sie setzte den Becher ab. „Was machst Du denn immer hier in dieser Gegend?"
„Ich bin einfach gerne hier", sagte Meinolf. „Im Augenblick suche ich Spuren. Bitte halte mich nicht für verrückt. Es ist schwer zu erklären."
„Dann versuche es doch."
„Ich will es versuchen." Meinolf trank einen Schluck Prosecco. „Ich habe zum Beispiel einen alten Bauern getroffen. Der ist inzwischen gestorben. Wir haben uns zwei Mal kurz unterhalten und als er gestorben war, hat meine Vermieterin noch wenige Sätze über ihn gesagt. Das ist nicht viel. Ich versuche jetzt, mir ein Bild von diesem Mann zu machen. Ich könnte journalistisch

vorgehen, Interviews machen, aber ich will nicht neugierig sein oder aufdringlich werden, das ist nicht meine Art. Außerdem gäbe es sicherlich Widerstände gegen eine solche Arbeitsweise. So stelle ich mir aus dem wenigen, was ist weiß, mein Bild von diesem alten Bauern zusammen."

Kathrin trank ihren Becher aus. „Gib mir noch etwas Sekt." Meinolf leerte gleichfalls seinen Becher, dann schenkte er die beiden Becher wieder voll. Er nahm den Faden wieder auf. „Es geht noch weiter. Hier gibt es das Grab eines Schriftstellers, der schon lange tot ist, ich glaube, er ist 1997 gestorben, aber darauf kommt es nicht an. Ein Bildhauer hat für ihn einen Gedenkstein gemacht. Soweit ich weiß, ist er für den Marmor mit der Witwe des Schriftstellers extra nach Italien gefahren. Ich bin zum Friedhof von Damnatz gegangen und habe mir den Gedenkstein angesehen. Ich habe mich gefragt, was dieser Schriftsteller für ein Mensch war. Aber soll ich den Bildhauer fragen? Der ist doch selbst Künstler. Den kann ich doch nicht über einen anderen Künstler ausfragen und ihn selbst ignorieren. Soll ich zu den Häusern fahren, in denen der Schriftsteller gewohnt hat, nach Breese in der Marsch und nach Langendorf und dort Fotos machen? Vielleicht sitzt jemand im Garten, der nichts von dem Schriftsteller weiß und sich belästigt fühlt. Da gibt es eine Schule in Dannenberg, die den Namen des Schriftstellers trägt. Ich denke schon, dass man dort sein Andenken bewahren wird, aber soll ich jetzt nachfragen, ob er im Deutsch-Unterricht gelesen wird? Soll ich jetzt in Dannenberg in eine Buchhandlung gehen und fragen, ob dort Bücher von diesem Schriftsteller vorhanden sind beziehungsweise verkauft werden? Nein. Ich habe früher einmal ein Buch von diesem Schriftsteller gelesen. Ob ich alles verstanden habe, weiß ich nicht. Ich könnte auch nicht in wenigen Sätzen sagen, wovon es handelt, aber es ist eine positive Erinnerung geblieben, das Buch hat mich berührt. Das Buch ist mir abhanden gekommen. Ich habe es erneut gekauft und wieder gelesen."

„Und?" fragte Kathrin.

„Ich habe das Buch wieder gelesen, wohl immer noch nicht alles verstanden, aber es hat mich wieder berührt. Es hat etwas in mir hinterlassen."

„Was?" fragte Kathrin, „aber erst trinken wir noch etwas Sekt." Sie stießen mit den Plastikbechern an.

„Prost Kathrin."

„Prost Meinolf. Aber jetzt zu meiner Frage zurück. „Was hat das Buch in Dir hinterlassen?"

„Das kann ich gar nicht konkret sagen. Es hat mich bewegt. Weißt Du, auf diese Weise habe ich versucht, mir ein Bild von diesem Schriftsteller zu machen, wie ich schon sagte, nicht journalistisch, nicht durch Befragungen oder Recherche, sondern einfach nur über das Buch und den Gedenkstein."

„Könntest Du da nicht völlig falsch liegen?"

„Sicher, das ist immer möglich: Aber was hinterlässt denn ein Mensch? Es ist doch immer ein Bild, das sich ein anderer Mensch von ihm gemacht hat. Solch ein Bild ist immer subjektiv."

„Zu Deiner Spurensuche hast Du mir einige Beispiele genannt", sagte Kathrin, „und ich glaube, dass Du das alles sehr ernsthaft betreibst. So etwas ist immer schwer zu erklären. Wenn ich ehrlich bin, finde ich das alles ein bisschen zu abstrakt, zu wenig konkret. Aber etwas anderes: Findest Du das, was Du machst, nicht zu sehr vergangenheitsbezogen?"

„Nein, ich glaube nicht. Aber Kathrin, wenn ich Dich langweile, sage das bitte. Trinken wir noch etwas Sekt?"

„Gern." Kathrin schob ihren Becher in Meinolfs Richtung. Der schenkte ihren Plastikbecher voll.

„Und Du, warum schenkst Du Dir nicht nach?"

„Die Flasche ist leer", sagte Meinolf.

„Dann trinken wir eben aus meinem Becher." Kathrin trank einen großen Schluck. „Hier bitte." Sie reichte den Becher weiter. „Meinolf, Du langweilst mich überhaupt nicht. Für mich bist Du immer noch der unverbesserliche Idealist, der Träumer im positiven Sinne, der aber auch analytisch denken kann, wenn er will. Ich finde es spannend, was Du erzählst. Es ist so anders als das, was andere Leute erzählen. Eine Frage habe ich noch. Du gehst Spuren nach, die andere Menschen hinterlassen haben. Aber was ist, wenn der Wind sie fortgeweht hat?"

„Dann gehe ich weiter in die Richtung, die mir die Spuren vorgegeben haben. Irgendwohin werden sie mich führen. Und das ist ein spannender Weg in die Zukunft."

„Das ist ein schönes Schlusswort." Kathrin nahm Meinolf den Plastikbecher ab und leerte ihn. „Jetzt gehen wir zurück, ich habe Hunger."

„Woher weißt Du denn überhaupt, dass ich etwas zum Essen da habe?" fragte Meinolf, indem er die leere Flasche und die beiden Plastikbecher in seinem Rucksack verstaute.

Kathrin lachte. „Das käme bei Dir nicht vor. Als wir gerade vom Auto kamen, hattest Du eine Plastiktüte eines Discounters vom Rücksitz genommen. Du wirst den Inhalt dieser Tüte teils in den Kühlschrank, teils in andere Schränke sortiert haben und zwar sehr sorgfältig. Menschen verändern sich nicht." Sie stand auf. „Die Sitzkissen solltest Du nicht vergessen."

III

„So, da wären wir." Meinolf nahm den Schlüssel und schloss die Wohnungstür auf. Er entledigte sich des Rucksackes und stellte ihn neben der Garderobe ab. Kathrin war eingetreten und schloss die Wohnungstür hinter sich.

„Soll ich gleich mit der Vorbereitung zum Abendessen anfangen?" fragte Meinolf, „Das dauert etwa eine halbe Stunde. Ich hoffe, solange hältst Du noch aus."

Kathrin legte ihre Arme um Meinolfs Hals und drängte sich an ihn. „Könntest Du mich einfach einmal vernünftig küssen?"

Ja natürlich, wollte Meinolf sagen, aber dazu kam er nicht mehr. Er wehrte sich nicht gegen Kathrins intensive Küsse und versuchte sie zu beantworten.

Kathrin ließ von ihm ab. „Komm mit nach oben."

„Ja natürlich", sagte Meinolf und bückte sich, um seine Schuhe auszuziehen. Als er in die obere Etage gekommen war, stand Kathrin so vor ihm, wie sie von der Natur geschaffen worden war.

„Früher durfte man eine Frau noch ausziehen", murmelte Meinolf, aber Kathrin zog ihn auf das Bett herunter.

Als Meinolf erwachte, war es schon dämmrig im Zimmer. Er fühlte Kathrin neben sich liegen. Er tastete, sie lag auf der Seite, hatte die Beine angezogen und drehte ihm den Rücken zu. Sie gab undeutlich etwas von sich, sie schien fest zu schlafen. Meinolf stand vorsichtig auf und streifte sich, so leise er konnte, die Unterwäsche über. Die restlichen Anziehsachen nahm er über den Arm. Er verließ das Schlafzimmer, schloss die Tür vorsichtig und zog sich in der unteren Etage vollständig an. Erst dann machte er Licht. Er nahm das Schweinefilet aus dem Kühlschrank, öffnete die Verpackung und schnitt es in Medaillons. Er briet die Medaillons auf jeder Seite an, dann stellte er die Pfanne in den Backofen, den er auf sechzig Grad vorgeheizt hatte. So hatte er keinen Zeitdruck, das Fleisch genau auf den Punkt servieren zu müssen. Er setzte Wasser in einem Topf auf. Als es zu kochen begann, nahm er aus dem Tiefkühlfach eine kleine Schachtel Erbsen und gab sie in das kochende Wasser. Er deckte den kleinen Zweiertisch, der sich in der Küche befand und fuhr mit den Vorbereitungen für das Abendessen fort.

In der oberen Etage waren Geräusche zu hören. Es dauerte eine Weile, dann kam Kathrin die Treppe herunter. Sie trug einen weißen Bademantel und dazu weiße Pantoffeln. Ob sie etwas unter dem Bademantel trug, konnte Meinolf nicht sehen. „Kathrin, Du siehst großartig aus"; sagte er spontan.
Kathrin kam auf ihn zu und küsste ihn. „Ich habe traumhaft geschlafen, kein Wunder danach. Aber dann habe ich Gerüche bemerkt, die mich daran erinnert haben, dass ich großen Hunger habe. Was gibt es denn?"
Meinolf nahm die Medaillons aus dem Backofen. „Es gibt Schweinemedaillons und den Rest siehst Du ja, Erbsen und Kartoffelbrei. Setz Dich doch."
Kathrin setzte sich. Sie nahm sich einige Medaillons und tat sich Erbsen auf. „Was ist denn das für eine Soße auf den Erbsen?"
„Das ist Kräuterfrischkäse, den habe ich über die Erbsen gegeben."
Kathrin probierte die Erbsen. „Das schmeckt sehr lecker."

„Willst Du auch Kartoffelpüree?" fragte Meinolf.

„Gern." Kathrin nahm sich einen großen Löffel. „Wozu dient die Butter, die hier auf dem Tisch steht?"

„Da kannst Du oben in den Kartoffelpüree eine Kuhle machen und etwas Butter hineingeben."

„Du bist süß und so romantisch." Kathrin strich über Meinolfs Wange. „Wie lange habe ich das nicht mehr gegessen, Stocki mit Bütterli. So heißt es in der Schweiz"

„Das hast Du mir mal erzählt", sagte Meinolf. „Ich muss Dir etwas sagen, so schön wie heute habe ich es noch nicht erlebt."

„Das geht mir ähnlich." Kathrin nahm mit ihrem Messer ein Stückchen Butter aus der Schale und legte es auf den Kartoffelpüree, in den sie vorher eine Kuhle gedrückt hatte.

„Ähnlich oder genauso?" fragte Meinolf lächelnd.

„Es war wunderschön, Meinolf." Kathrin strich erneut über Meinolfs Wange. Dann schnitt sie ein Stück Fleisch ab, betrachtete es: „Zartrosa, wie bei einem Sterne-Koch", steckte es in den Mund und aß danach von dem Kartoffelpüree, bei dem die Butter in der Kuhle zerlaufen war. „Aber einen Sterne-Koch mit so viel Herz, den gibt es nicht. Stocki mit Bütterli, ich glaube es nicht. Willst Du eigentlich nichts essen? Ich sehe gar nichts auf Deinem Teller."

„Doch schon." Meinolf beeilte sich, seinen Teller zu beladen. „Ich bin im Augenblick etwas verwirrt." Er begann zu essen.

„Woran liegt das?" fragte Kathrin.

„Du hast gut fragen." Meinolf lachte verlegen. „Das letzte Mal, dass ich mit einer Frau zusammen war, liegt einige Jahre zurück. Vielleicht kannst Du Dich ja daran erinnern."

„Mit mir?" Kathrin schüttelte den Kopf. „Stimmt das wirklich?"

Meinolf nickte.

„So keusch wie Du war ich nicht", sagte Kathrin, „aber Du kannst mir glauben, dass ich nicht durch unzählige Betten geturnt bin, nur brauche ich manchmal einfach etwas Zärtlichkeit und Wärme." Sie strich Meinolf erneut über die Wange. „Aber jetzt muss ich weiter essen. Du kochst einfach zu gut."

„Willst Du noch etwas Wein?" fragte Meinolf.

„Nein, der Sekt war stark genug. Aber das war nicht Grund, mit Dir ins Bett gegangen zu sein." Kathrin lächelte versonnen, während sie noch einen Löffel Kartoffelpüree nahm. „Am liebsten würde ich nach dem Abendessen mit Dir hochgehen und in Deinem Arm einschlafen."

„Das finde ich schön." Meinolf sah Kathrin an, wie sie so da saß in ihrem weißen Bademantel, auf den die schwarzen Haare herunterfielen, das Besteck in der Hand. Es kam ihm völlig irreal vor. Es hätte eine Filmszene sein können und es war kaum zu glauben: Er, Meinolf, saß mit dieser Frau an einem Tisch und nahm gemeinsam mit ihr das Abendessen ein. Doch dann verteilte er die restlichen Erbsen, den Kartoffelpüree und die Schweinemedaillons gleichmäßig auf beide Teller und setzte das Abendessen fort.

Es war dämmrig im Zimmer. Meinolf öffnete langsam die Augen. Es mochte sechs Uhr sein, da wurde es langsam hell. Neben ihm lag Kathrin. Soweit er sich erinnern konnte, war sie in seinem Arm eingeschlafen, aber es gingen ihm so viele weitere, angenehme Erinnerungen durch den Kopf, dass er mit offenen Augen vor sich hindämmerte.

„Wie spät ist es?" fragte eine schlaftrunkene Kathrin.

„Ich denke, so gegen sechs, es wird langsam hell."

„Willst Du nicht weiterschlafen?" fragte Kathrin.

„Ich würde gern", sagte Meinolf, „aber ich kann nicht. Ich träume mit offenen Augen." Er richtete sich auf. „Kathrin, sag, dass es nicht wahr ist, das Hier, das Jetzt."

Kathrin zog ihn mit einem Arm herunter. „Es ist wahr, das siehst Du doch, aber lass uns noch weiterschlafen." Sie kuschelte sich an Meinolf. „Versuche es wenigstens."

„Ich versuche es", gelobte Meinolf.

IV

Er musste doch noch einmal eingeschlafen sein. Meinolf öffnete die Augen und tastete nach der Uhr, die auf dem Nachttisch neben dem Bett lag. Es war halb neun. Er drehte sich nach Kathrin um. Die schlief immer noch und es sah nicht so aus, als würde sie in der nächsten Zeit erwachen. Meinolf stellte seine Beine auf den Boden und zog sich, so leise er konnte, die Unterwäsche an, die restlichen Anziehsachen nahm er auf den Arm. Er zog sich in der unteren Etage vollständig an, dann räumte er den Tisch vom Abendessen ab und legte Geschirr, Töpfe und Besteck in die Spülmaschine, die er danach andrehte. Er öffnete die Wohnungstür, nahm die Brötchentüte, die in einem Plastikbeutel an einem Haken neben der Tür hing und brachte sie zum Küchentisch. Er öffnete die Tüte, in der Tat waren vier Brötchen darin. Er stellte die Kaffeemaschine an, setzte Wasser für die Frühstückseier auf, nahm Salami, Schinken, Leberwurst und Käse aus dem Kühlschrank, öffnete die Packungen und legte den Aufschnitt auf einen Teller. Kathrin sollte nicht fragen müssen, welche Packung sie überhaupt aufmachen dürfe. Als das Wasser kochte, legte er die Eier hinein und stellte den Kurzzeit-Wecker an. Er hatte vergessen, was Kathrin gern zum Frühstück aß, vorsichtshalber aber hatte er noch Honig eingekauft. Marmelade hatte er immer vorrätig. Er stellte beide Gläser auf den Tisch. Die Brötchen schnitt er auf und legte sie in einen kleinen Spankorb. Als der Wecker klingelte, goss er die Eier ab, schreckte sie mit kaltem Wasser ab und drehte sie in ein Küchenhandtuch ein. Die Butter hatte er am Vorabend auf die Arbeitsplatte in der Küche gestellt, sie sollte streichfähig sein. Er überprüfte das, dann legte er Geschirr und Besteck auf den Tisch in der Küche. Alles schien fertig zu sein, nur Kathrin fehlte.

Meinolf nahm sich eine Tasse Kaffee, tat Milch und Zucker hinein, ging ins Wohnzimmer und stellte den Fernseher an. Da gab es ein Morgenmagazin, welches sich gerade mit Migranten-Problemen beschäftigte und einen Sender, welcher ein sonniges Wetter verhieß. Im Bildschirmtext las er von diversen Kreuzbandrissen bei Fußballspielern und neuen Dopingbefunden bei Radsportlern. Er stellte den Fernseher ab. Kathrin hatte eben einen speziellen Rhythmus und der war dem seinen nicht unbedingt ähnlich. Er trank seinen Kaffee aus. Aus der oberen Etage kamen Geräusche. Wenig später kam Kathrin die Treppe herunter, wieder in dem weißen Bademantel und den weißen Pantoffeln. „Meinolf, ich rieche geradezu das Frühstück. Was sehe ich da? Einen exquisit eingedeckten Frühstückstisch!" „Ich frühstücke ja auch sonst, gut, nicht ganz so diversifiziert wie heute vielleicht, aber ich habe ja auch einen ganz speziellen Gast zum Frühstück", sagte Meinolf leichthin.

„Nicht nur zum Frühstück." Kathrin nahm Meinolf in den Arm. „Aber jetzt setze ich mich erst einmal."
„Kaffee?" fragte Meinolf.
„Ja bitte. Ganz viel Kaffee."
„Da wäre es besser, wenn ich die Kaffeetasse gegen einen größeren Becher austausche." Meinolf stellte die Kaffeetasse in den Schrank zurück, holte einen großen Becher heraus, studierte die Aufschrift und las vor. „Urlaubsgrüße aus dem Wendland, das wäre doch

genau das richtige." Er füllte den Becher mit Kaffee. „Hier, bitte."

Kathrin nahm den Becher entgegen und betrachtete die Aufschrift. „Das finde ich hundertprozentig stilvoll, Urlaubsgrüße aus dem Wendland." Sie lachte. „Aber jetzt werde ich erst einmal frühstücken, und Du denkst bitte auch an Dich."

„Ja natürlich", sagte Meinolf und schenkte sich eine zweite Tasse Kaffee ein. „Auf die Gefahr hin, dass ich mich wiederhole: Kathrin, Du siehst wirklich hinreißend aus."

„Was meinst Du, wie ich aussehe, wenn ich Dein Badezimmer bevölkert habe?" Kathrin lachte wieder. „Oder hast Du etwas anderes geplant?"

„Fahrradfahren und Spazierengehen, vielleicht ein paar kleine Städtchen oder Dörfer, mehr habe ich nicht auf der Agenda", meinte Meinolf. „Für das Fahrradfahren müsste ich allerdings noch ein zweites Leihfahrrad von meinen Vermietern holen."

„Nein, lass mal", winkte Kathrin ab, „aber was hältst Du davon, wenn Du eine Fahrradtour machst und ich mich in der Zeit hübsch mache? Aber erst werde ich in Deine Frühstücksvorräte einbrechen wie ein reißender Wolf in eine Schafherde."

„Das hört sich gut an", stimmte Meinolf zu. Er frühstückte mit Kathrin zu Ende. Als sie in der oberen Etage verschwunden war, deckte er den Frühstückstisch ab, räumte die Spülmaschine aus und belud sie wieder. Sie war noch nicht voll, aber er stellte sie trotzdem an. Dann nahm er seine Fahrradsachen von der Garderobe, zog sich um und verließ das Haus, um sein Fahrrad aus dem Schuppen zu holen.

Meinolf fuhr auf dem Elbe-Radweg bis Langendorf. Hier hatte der Schriftsteller gewohnt, allerdings wusste

Meinolf nicht, in welchem Haus. Er wechselte auf den Radweg, der an der Landstraße entlang nach Dannenberg führte. Über Splitau, Nebenstadt und Breese in der Marsch fuhr er wieder nach Damnatz. Kurz vor dem Ortsschild überquerte eine Fasanenhenne mit drei Küken gemächlich die Straße. Meinolf hielt an, hörte sich die Rufe der Jungen an und sah den Vögeln nach, bis sie im dichten Gras auf der anderen Straßenseite verschwunden waren. Er blickte auf die Uhr. Er war jetzt eine gute Stunde unterwegs und es war ihm, als hätte er diese Runde mechanisch abgespult. Die Fasanen waren das erste, was er auf dieser Fahrt wirklich wahrgenommen hatte. Meinolf fuhr bis zu seinem Quartier. Er stellte sein Fahrrad vor der Tür ab und ging hinein. Kathrin schien im Badezimmer fertig zu sein. Die Tür stand auf, ein Badehandtuch hing über der Tür und aus der oberen Etage hörte er Wortfetzen. Kathrin schien zu telefonieren. Meinolf nutzte die Gelegenheit, um die Spülmaschine auszuräumen und sich umzuziehen, dann setzte er sich vor die Tür, um eine Zigarette zu rauchen. Warten war nicht seine Stärke. Als er die Zigarette fertig geraucht hatte, ging er in die Wohnung zurück. In der Kaffeemaschine war noch eine Pfütze mit Kaffee, er goss diese in eine Tasse und trank im Stehen aus. Er spülte die Tasse unter dem Wasserhahn aus, trocknete sie ab und stellte sie in den Schrank zurück. Kathrin schien mit dem Telefonat fertig zu sein.

„Kathrin, wie sieht es bei Dir aus?" rief Meinolf nach oben.
„Ich komme sofort", kam es zurück. „Es gibt Neuigkeiten." Kathrin kam die Treppe herunter gepoltert. Sie war angezogen, geschminkt, sie sah gut aus, aber auch ein wenig echauffiert. „Meinolf, stell Dir

vor, das mit unserem Projekt hat geklappt. Wir haben den Zuschlag. Du erinnerst Dich doch: Ich habe Dir bei unserem Spaziergang angedeutet, dass wir uns beworben hätten." Kathrin legte ihre Arme um Meinolfs Hals und tanzte um ihn herum.

„Glückwunsch", sagte Meinolf. So ganz wusste er nicht, worum es ging, aber es schien wichtig zu sein. „Und was machen wir jetzt?"

„Ich müsste", sagte Kathrin und nahm ihre Arme von Meinolfs Hals, „so schnell wie möglich nach Hamburg. „Ich will Dich jetzt nicht überrumpeln oder hetzen oder sonst was, aber der nächste Zug geht von Dannenberg. Gepackt habe ich schon."

„Wann geht der Zug?" fragte Meinolf und bemühte sich, es souverän klingen zu lassen.

„In zwanzig Minuten."

„Kein Problem", sagte Meinolf und nahm Autoschlüssel, Portemonnaie, Papiere und Handy. „Dann aber zügig."

„Meinolf, das ist eine ganz, ganz große Chance." Kathrin verschwand in der oberen Etage, um gleich darauf, den Rucksack mit aufgeschnalltem Schlafsack auf den Schultern, wieder herunterzukommen.

„Ich fahre dann mal die schnellste Strecke." Meinolf hatte die Wohnungstür verschlossen und schloss seinen Wagen auf. Kathrin verstaute ihren Rucksack auf dem Rücksitz.

„Meinolf, es ist mir furchtbar peinlich, aber gegen das Projekt kann ich nichts machen."

Meinolf startete den Wagen. „Wie viel Zeit haben wir noch?"

„Ich denke, fünfzehn Minuten", sagte Kathrin, „aber ich habe schon ein Ticket, eine Firmenkarte. Da brauche ich nicht zu einem Automaten, der womöglich gar nicht geht. Meinolf, es ist mir wirklich furchtbar peinlich."

„Kein Problem", sagte Meinolf. „Ich trete dann mal aufs Gas."

Als sie an dem alten Forsthaus warten mussten, um auf die Bundesstraße abzubiegen, fragte Kathrin: „Warum schreibst Du nicht alles auf, Deine Spurensuche, all das, was Du mir erzählt hast, die Sache mit dem Schriftsteller und die mit dem alten Bauern?"

„Es würde keinen interessieren", sagte Meinolf, „und drucken würde es sowieso keiner."

„Na, ich weiß nicht", sagte Kathrin, „ich fand es wirklich interessant, Du weißt schon, nicht interessant, wie man es sagt, wenn es einen eigentlich gar nicht interessiert, sondern interessant in dem Sinne, dass man es spannend findet." Dann schwieg sie.

Die Ampel kurz vor Dannenberg sprang auf rot. Kathrin sah auf die Uhr. „Wir sind noch in der Zeit. Weißt Du, Jeremy braucht mich für das Projekt und das Projekt muss fertig werden."

„Braucht Jeremy Dich nur beruflich oder auch privat?" Meinolf blickte zu Kathrin herüber.

Kathrin wurde rot. „Ja, auch privat."

Die Ampel sprang auf grün. Meinolf fuhr an und hatte die Kupplung wohl etwas zu schnell kommen lassen.

„Meinolf, Du musst Dich jetzt nicht hetzen. Entweder schaffen wir den Zug oder nicht."

„Nein, ich fahre schon vorschriftsmäßig, hier ist Tempo dreißig, nur ist die Kupplung recht stramm eingestellt." Meinolf bog in die Nebenstraße ein, an deren Ende der Bahnhof lag. Er hielt in dem Wendehammer vor dem Bauwerk an, welches schon längst nicht mehr als Bahnhofsgebäude fungierte und stieg aus. Er öffnete die rechte Hintertür. „Hier, Dein Rucksack."

Kathrin nahm den Rucksack und setzte ihn auf ihre Schultern. „Meinolf, bist Du jetzt sauer?"

„Überhaupt nicht. Diese zwei halben Tage mit Dir waren wirklich schön, besser gesagt wunderschön." Meinolf nahm Kathrin in seine Arme und küsste sie. „Das mit Deinem Auftrag finde ich übrigens toll. Ich freue mich für Dich."

„Meinolf, Du weißt, Du bist mein Märchenprinz und das habe ich nicht einfach so daher gesagt." Kathrin erwiderte den Kuss. „Kann ich Dich anrufen?"

„Jederzeit, ich würde mich freuen." Meinolf sah Kathrin nach, wie sie, das ehemalige Bahnhofsgebäude rechts liegenlassend, auf den bereits wartenden Zug zuging, ihn bestieg und ihm noch einmal aus der offenen Tür des Zuges zuwinkte.

Notturno

Die Türen des Zuges, im Grunde war es ein Schienenbus oder eine Art Straßenbahn, schlossen sich und der Zug entfernte sich aus Meinolfs Blickfeld. Er setzte sich in sein Auto, bog auf die Bundesstraße ein, um diese ein wenig später zu verlassen. Eine Abzweigung nach Breese in der Marsch kam – Meinolf bemerkte sie nicht. Er fuhr weiter und versuchte, sich auf die Kurven, die jetzt kamen, zu konzentrieren. Die Straße führte auf einen Deich hinauf. Zur linken Hand lag ein Parkplatz. Diesen steuerte er an, hielt abrupt an, zog die Handbremse an und nahm den Zündschlüssel heraus. Er zerrte an seinem Sicherheitsgurt – es dauerte eine Zeit, bis er ihn geöffnet hatte – und beeilte sich, aus dem Wagen zu kommen. Meinolf erbrach sich vor seinem Wagen in die Wiese, die den Deich begrünte. Er ging zum Wagen zurück, hielt sich an der noch geöffneten Wagentür fest und wischte sich den kalten Schweiß von der Stirn. Es war gut, dass der Parkplatz momentan nicht frequentiert war, wie peinlich wäre es doch sonst gewesen. Als Meinolf merkte, dass sein Puls schneller ging und die Beine weich wurden, ließ er sich zurück in den Wagen fallen. Er verharrte so eine Weile, bis es ihm besser ging. Dann stellte er sich auf und versuchte einige Kniebeugen. Meine Güte, was war denn nur mit ihm los? Er dachte an den Rest des Kaffees vom Frühstück, den er im Stehen getrunken hatte; er sollte in der nächsten Zeit unbedingt auf Kaffee verzichten, das übersäuerte ihm den Magen. Vielleicht war auch der Secco als weitere Ursache hinzugekommen, aber ein weiterer Anlass, noch einmal Secco zu trinken, war nicht zu erwarten.

Meinolf schloss den Wagen ab und ging ein Stück auf einem schmalen Binnendeich, der an dieser Stelle vom Hauptdeich abzweigte. Rechterhand lag ein langgestreckter See, ein Altarm der Elbe, Taube Elbe genannt, welcher in Kreisen der Naturschützer und Vogelbeobachter einen hohen Stellenwert besaß. Meinolf sah einige Möwen, die er nicht bestimmen konnte und wollte und einige kleinere, wendigere graue Vögel, die rasanter flogen und immer wieder auf die Oberfläche des Sees herabstürzten. Manchmal tauchten sie sogar in das Wasser ein. Das waren wahrscheinlich die Seeschwalben, die hier als besondere Attraktion galten. Er ging weiter. Vogelgesänge erklangen aus den Buschreihen, welche hier, am Deichfuß wurzelnd, so hoch gewachsen waren, dass sie den Blick auf den See versperrten.

Meinolf atmete tief durch, er fand, dass dieser kleine Gang seinem ramponierten Magen guttat. Er blieb stehen und lauschte den Gesängen. Es war schön, hier eine Frage, dort eine Antwort und manchmal unterbrach ein weiterer Vogel diesen Dialog. Es war wie bei einem Familientreffen, wo jeder so reden konnte wie er wollte, zumindest konnte man das manchmal in Filmen so sehen. Die Realität bei Familientreffen sah wahrscheinlich anders aus. Da ging doch wohl auch darum, wer sich bei der Erbschaft benachteiligt fühlte, aus wem etwas geworden war und aus wem nicht, um das schwarze Schaf in der Familie und die Ja-Sager, aber das waren theoretische Erörterungen, Meinolfs letztes Familientreffen lag lange zurück. Ein Vogel ließ seine Stimme erklingen, laut und immer wieder, Meinolf hörte gereihte Töne, immer auf gleicher Tonhöhe, das war wahrscheinlich Onkel Hugo, der zu allem und jedem seinen

Kommentar abgeben musste. Meinolf beschloss, zum Wagen zurückzugehen. Er sollte demnächst ein Paar Wanderschuhe im Wagen deponieren, mit den Straßenschuhen, die er normalerweise nur zum Autofahren oder Einkaufen trug, fühlte er sich im Augenblick nicht gut ausgestattet. Er ging zum Wagen zurück und fuhr nach Dannenberg, um dort noch in einem der zahlreichen Discounter einzukaufen.

Meinolf blieb vor dem Tee-Sortiment stehen. Was war für den Magen geeignet? Er wählte Kamillentee und Brennnesseltee mit Fenchel. Als er durch den Gang mit dem Biersortiment kam, hielt er an. Er hatte einmal darüber gelesen, dass Marathonläufer nach einem solchen Lauf zum Schutz vor Übersäuerung Altbier tränken, natürlich nur in kleineren Mengen. Das wäre doch auch etwas für ihn. Er zog ein Gebinde von sechs eingeschweißten Flaschen aus dem Regal, und legte es in seinen Einkaufswagen. Er sollte das Bier später nicht zu kalt trinken. Er ging in Gedanken noch kurz den Zustand seines Kühlschrankes durch; da waren noch genügend Sachen darin, im Grunde viel zu viel, weiteres brauchte er nicht einzukaufen. Er stellte sich an der Kasse an. Das Wochenende nahte, da musste man sich auf eine gewisse Wartezeit einstellen.

Meinolf hielt auf dem Grünstreifen vor dem Haus, ging zu seiner Wohnung und öffnete die Tür. Nachdem er seinen Einkauf in einem Schrank verstaut hatte, fiel ihm die Wäsche ein, die er Frau Beyer noch zurückgeben müsste. Er ging in die obere Etage, hier roch es noch nach Kathrins Parfüm. Im Schlafzimmer war das Bett noch nicht gemacht, er schüttelte die Bettdecken auf. Er ertappte sich dabei, wie er vorsichtig, fast zärtlich die Kuhle glatt strich, die

Kathrins Kopf auf dem Kopfkissen hinterlassen hatte, doch dann stellte er die Fenster auf, nahm unbenutzte Bettwäsche und Handtücher vom Gästebett und trug sie zum Wäschehaus. Die Tür war angelehnt. Frau Beyer saß an der Mangel.

„Tag, Frau Beyer."

„Tag, Herr Schmitz."

„Ich lege die Wäsche mal hier auf den Tisch."

„Ist recht. Ich nehme mal an, Ihr Besuch ist schon weg."

„Ja leider, ein wichtiger beruflicher Termin."

„Kommt sie noch mal wieder?"

„Ich weiß nicht, ich glaube eher nicht."

Frau Beyer stand von der Mangel auf und faltete das große Tuch, welches sie gerade gemangelt hatte.

„Schade, tut mir leid, wirklich." Sie stockte. „Wissen Sie, als ich gestern Abend noch eine Runde mit dem Hund gedreht habe, sah ich Sie beide hinten am Deich. Was für ein schönes Paar, habe ich gedacht." Dann wurde sie wieder sachlich. „Herr Berenberg war heute Morgen da und hat Apfelbäumchen ausgeräumt. Seiner Frau geht es ganz gut, das Schlüsselbein ist verschraubt worden und sie kann bald entlassen werden. Theoretisch könnten Sie jetzt von der Orchidee ins Apfelbäumchen ziehen, aber dann müsste ich auf einen Schlag zwei Wohnungen saubermachen und meine Hilfe hat abgesagt. Wenn ich ehrlich bin, wäre es mir lieber, Sie blieben in der Orchidee."

„Kein Problem, Frau Beyer, ich fühle mich in der Orchidee sehr wohl."

„Das ist schön. Kommen Sie mal mit, ich habe da noch etwas für Sie." Frau Beyer ging zur Tür des Wäschehauses.

Meinolf folgte ihr. „Da bin ich aber neugierig."

„Warten Sie." Frau Beyer machte sich auf den Weg zu ihrer Wohnung. Wenig später kam sie zurück, einen großen Briefumschlag in der Hand. „Das hat mir Herr Berenberg gegeben. Es sind Karten für das Musikfestival. Ich habe mal reingeschaut, morgen Abend kommt moderne Musik, übermorgen Abend kommt Schubert und am nächsten Tag eine Matinée mit einem Vortrag und Musikbeispielen. Für die Wohnung kommt zwar die Versicherung von Berenbergs auf, aber die Karten kann man nicht zurückgeben, die würden sonst verfallen und Herr Berenberg hat mich gebeten, sie zu verteilen. Da habe ich an Sie gedacht."

„Aber Sie könnten doch mit Ihrem Mann dahin gehen."

„Das geht sowieso nicht", sagte Frau Beyer. „Die Karten sind nur für eine Person. Herr Berenberg macht sich nichts aus Musik. Normalerweise bringt er seine Frau immer zum Konzert nach Hitzacker, macht dann eine Exkursion an der Klötzie, sie wissen, dem Berg bei Hitzacker, und fährt sie dann wieder nach Hause. Eulen an der Klötzie. Im Dunkeln." Frau Beyer zuckte mit den Schultern. „Na, wenn er glücklich dabei wird. Auf alle Fälle sind diese Karten, dieses Dreier-Abonnement, für Sie. Das Musikfestival ist nichts für uns. Außerdem", fügte Sie hinzu, „dann kommen Sie mal unter Leute. Mich geht es ja eigentlich nichts an, aber Sie müssen sich hier doch nicht vergraben." Sie drückte Meinolf den Briefumschlag in die Hand. „So, ich muss weitermachen. Die Nowickis kommen morgen sehr früh. Die sollten ja eigentlich in Ihre Wohnung, aber die kommen dann ins Apfelbäumchen, aber auch das muss bis dahin fertig sein. Bis dann." Sie ließ Meinolf stehen.

Meinolf drehte den Briefumschlag in seinen Händen. „Bis dann, Frau Beyer. Und vielen Dank auch", aber da war Frau Beyer schon in der Ferienwohnung, Apfelbäumchen geheißen, verschwunden.

Meinolf ging in seine Wohnung. Er verspürte etwas Hunger. Der Magen schien wieder in Ordnung zu sein, weiß der Himmel, warum er sich den übersäuert hatte. Er öffnete den Kühlschrank. Schinken und Salami waren noch reichlich vorhanden. Er nahm zwei Scheiben Toast aus der Verpackung und fragte sich erneut, ob der Toast wirklich in den Kühlschrank gehörte. Aber er fand es besser. Er bestrich die Toastscheiben mit Butter und gab Schinken und Salami darauf. Auf Meerrettich verzichtete er wegen seines Magens. Zuletzt streute er Käse zum Überbacken darauf. Er drehte den Backofen an, nahm das Backblech heraus und legte die Toastscheiben darauf. Bevor er das Backblech in den vorgeheizten Ofen stellte, nahm er eine Flasche Altbier aus der Verpackung. Er trank einen Schluck, das Bier war zimmerwarm, es schmeckte nicht, aber er trank es statt Medizin. Als der Kurzzeitwecker schellte – er hatte ihn wie immer auf zehn Minuten gedreht – öffnete er den Backofen und betrachtete die Toastscheiben. Der Käse war leicht verlaufen und zeigte eine erste Bräunung, genau wie er das liebte. Meinolf stellte den Backofen ab und legte mit einem Pfannenmesser beide Toastscheiben auf einen Teller. Nachdem er den Teller auf den kleinen Küchentisch gestellt hatte, legte er Besteck dazu und trank einen weiteren Schluck von dem zimmerwarmen Altbier, doch dann ließ er das Besteck liegen und stierte auf seinen Teller. Nachdem er einige Zeit so gesessen hatte, stand er abrupt auf, nahm den Teller und schüttete beide Toastscheiben in den Mülleimer unter der Spüle. Es war kaum zu glauben. Nicht zum ersten Mal war er Kathrin auf den

Leim gegangen. Er war kein Romantiker, kein Träumer im positiven Sinne, wie sie gesagt hatte, nein, er war ein naiver, altmodischer Spinner. Er schüttelte den Kopf. Auf der anderen Seite hätte er heulen können vor Glück bei dem Gedanken an den Abend mit Kathrin.

Das Festival

I

Meinolf hatte den Briefumschlag, den ihm Frau Beyer gegeben hatte, in der Hand und drehte ihn hin und her. Auf was hatte er sich da eingelassen? Wie ein Damoklesschwert hing es über ihm, ein Festival mit drei Pflichtveranstaltungen! Meinolf öffnete den Umschlag. Heute Abend ein Konzert mit moderner Musik, das hatte ihm Frau Beyer schon gesagt. Meinolf suchte nach der Karte für den heutigen Abend. Da stand es: Orchesterkonzert, Beginn zwanzig Uhr, Platzreservierung nicht möglich. Also ein Konzert, bei dem die wissenden, die Platzhirsche oder einfach alle anderen Leute, die genügend Zeit hatten, rechtzeitig da waren, um die besten Plätze zu ergattern, zum Beispiel bei einem Klavierkonzert die Sitze auf der linken Seite, um ja dem Pianisten auf die Hände gucken zu können und nicht zu weit hinten, um genug zu hören und nicht zu weit vorne, um den Hals nicht übermäßig nach hinten biegen zu müssen. Meinolf kannte ein derartiges Publikum.

Meinolf schnitt ein Brötchen auf, nachdem er die Konzertkarte wieder in den Umschlag gesteckt und diesen auf die Fensterbank zurückgelegt hatte. Seinem Magen ging wieder gut, aber er wollte aufpassen, was er zum Frühstück aß. Im Kühlschrank befand sich zwar noch genügend Aufschnitt, aber er begnügte sich mit Butter und Marmelade als Aufstrich, denn auch Nitritpökelsalz aus Wurst und Schinken könnte den

Magen belasten. Als Getränk hatte Meinolf Brennnesseltee mit Fenchel zubereitet. Er aß das erste Brötchen, dann begann er mit dem zweiten; er ließ sich Zeit, denn nach dem Frühstücken kam ja unweigerlich die Frage, was er an diesem Tag machen sollte, eingezwängt in das enge Korsett des Konzertbesuchs am Abend und dann des nächsten und zum Schluss auch noch des übernächsten Mittags. Er hätte Frau Beyer gleich einen Korb geben sollen. Aber wie hätte er das machen sollen, so mitleidig, wie sie geguckt hatte? „Sie müssen mal wieder unter Leute kommen, Sie können sich doch nicht hier vergraben", hatte sie gesagt. Sah er so sehr nach einem einsamen Wolf aus?

Meinolf verzehrte die letzte Hälfte seines zweiten Brötchens und trank den letzten Schluck von seinem Tee. Brennnesseltee mit Fenchel, das war sicherlich sehr gesund und im Augenblick sehr nützlich, aber zu einem Standardgetränk würde es bei ihm nicht werden. Er angelte sich noch einmal den Briefumschlag mit den Konzertkarten von der Fensterbank und sah dessen Inhalt durch. Frau Beyer hatte neben den Karten noch einen Ausdruck beigelegt, auf dem die Programme der jeweiligen Konzerte verzeichnet waren. Das Programm für den heutigen Abend verhieß unter anderem ein Flötenkonzert und ein Orchesterstück, ein „Lied für Orchester", alles Stücke von zeitgenössischen Komponisten. Für den nächsten Abend standen zwei Klaviersonaten von Schubert auf dem Programm und für den Mittag des nachfolgenden Tages eine Besprechung zeitgenössischer Musikwerke mit Musikbeispielen.

Meinolf seufzte. Er hatte von Frau Beyer wohl alle drei Karten des „Abonnements B" erhalten, wie man auf dem blau unterlegten Aufdruck auf den Karten sah. Er konnte Herrn Berenberg gut verstehen, der solchen Konzerten lieber eine ornithologische Wanderung, und sei es noch so dunkel, vorzog. Andererseits – Herr Berenberg war wohl überhaupt nicht an Musik interessiert, ihm Meinolf, war eigentlich nur die Verpflichtung zu viel, sich auf einen Abend festzulegen oder derartig viele Konzerte in so kurzer Zeit besuchen zu müssen. Im Grunde liebte er Musik, aber im Moment war diese Liebe irgendwie verschüttet. Von dem alten Bauern und dem Schriftsteller hatte er Kathrin erzählt, nicht aber von dem älteren Herrn, der ihm berichtet hatte, wie er nach Himbergen gekommen war. Er hatte es wohl vergessen oder es hatte sich nicht ergeben, aber warum machte er sich jetzt darüber Gedanken? Kathrin hätte es sich angehört, eventuell noch einmal nachgefragt, ihn aber im Grunde als einen Esel angesehen. Zu Schuberts Musik hatte Meinolf sich immer hingezogen gefühlt, er kannte auch einige Klaviersonaten von ihm. Diese Musik war schon recht speziell, ganz anders als die Beethovens. Eine ganz eigene Logik wohnte in ihr, eine ganz andere Struktur als bei Beethoven. Aber das war es im Grunde nicht. Schubert war ganz anders als andere Komponisten: Fröhlichkeit und Trauer lagen bei ihm ganz eng beieinander, es kam allerdings auch manchmal vor, dass Schuberts Musik in ihm, Meinolf, ob ihrer schwärzesten Tiefen einfach nur Angst erzeugte.

Meinolf legte die Karten und das Programm in den Briefumschlag zurück. Wie blöd war er eigentlich in Bezug auf Kathrin gewesen? Verarscht hatte sie ihn, einfach nur verarscht. Am besten nähme er jetzt das Fahrrad, für dessen Reparatur Heinfried Beyer-Moll, ein renommierter Künstler, sogar die Arbeit an einem seiner Bilder liegengelassen hatte und führe sich so richtig müde. Dann ein Mittags- oder ein Nachmittagsschlaf, danach könnte er weiter sehen. Den Schubert-Abend am nächsten Tag wollte er wahrnehmen, über den heutigen Abend mit moderner Musik aber noch befinden. Er ging nach oben ins Schlafzimmer und zog seine Fahrradsachen an, dann überprüfte er den Lenkerrucksack, nahm den Wohnungsschlüssel und eine Trinkflasche, verschloss die Wohnungstür, um zum Fahrradschuppen zu gehen. Mal sehen, wie lange die Knochen hielten bei dem bevorstehenden schweren Einzelzeitfahren, wie es die Radrennfahrer genannt hätten. Er musste das Konzertabonnement und Kathrin oder Kathrin und das Konzertabonnement aus dem Schädel bekommen.

II

Das Strachauer Rad, ein Ortsteil eines Dorfes namens Penkefitz, am Elberadweg zwischen Damnatz und Hitzacker gelegen, war erreicht. Meinolf nahm die Mitte zwischen zwei weiß-rot-weiß markierten Pfählen, die den Weg von Kraftfahrern freihalten sollten. Hier mündete der betonierte Weg auf dem Deich in einen geschotterten. Meinolf hatte kräftig in die Pedale getreten, vielleicht zu kräftig für seine Verhältnisse, denn er musste mehr schnaufen als ihm lieb war. Er stoppte sein Rad an einer der wenigen Bänke, die es hier gab, lehnte es an und trank einen Schluck aus seiner Trinkflasche. Für die weitere Fahrt wäre es sinnvoll, einen weniger dicken Gang zu treten. Was tat er denn im Augenblick? Meinolf trank einen weiteren Schluck. Sich kaputt fahren, um Kathrin oder eines beziehungsweise mehrere Konzert zu vergessen? War er hier und jetzt im Urlaub oder auf der Flucht? Er setzte sich auf die Bank, die sich eine Deichhöhe über dem Grünland befand, dahinter, vielleicht zweihundert Meter entfernt, die Elbe. Die Sonne kam hinter den Wolken hervor.

Meinolf stand auf – eigentlich wollte er eine Zigarette aus seinem Lenkerrucksack nehmen – dann setzte er sich wieder, lehnte sich an und streckte die Beine aus. Im Deichvorland machte ein Mensch mit seinem Hund seine Runde und über der Elbe war ein großer Vogel zu beobachten, der keinen Flügelschlag tat und einfach nur schwebte. Er schwebte und schwebte und legte dabei in kurzer Zeit eine unglaubliche Distanz zurück mit Flügeln, die rechtwinklig wie ein Brett aus dem

Körper herauskamen und in spitzen Federn endeten wie den Fingern einer Hand. Meinolf kannte einen solchen Vogel nicht, einen solchen hatte er noch nicht gesehen, wenigstens nicht mit Bewusstsein. Er tippte auf einen Seeadler, aber wen sollte er dazu fragen? Am besten kaufte er sich in Dannenberg in einer der Buchhandlungen, von denen es dort überraschenderweise mehrere gab, ein Bestimmungsbuch für Vögel, genauso, wie er es für eine CD mit Vogelstimmen schon einmal erwogen hatte.

„Nein Günther, so geht es wirklich nicht." Meinolf hörte eine Frauenstimme und drehte sich um. Zwei Radfahrer näherten sich, augenscheinlich Radwanderer mit voluminösen Packtaschen, am Gepäckträger und seitlich an den Vorderrädern befestigt. „Ich hechte jetzt seit über einer Stunde hinter Dir her und Du bretterst vorneweg, als ob es kein Halten gäbe. Pause, Pause, Pause." Die Frau wirkte echauffiert.
„Wie Du meinst, Anna." Der Mann fuhr langsamer, dann hielt er an. „Diese Bank da vorne ist allerdings belegt."
„Wir können fragen", sagte die Frau und dämpfte ihre Stimme.
„Gut, ich werde fragen", sagte der Mann, gleichfalls etwas gedämpft.
„Nein, ich werde fragen", sagte die Frau.
Meinolf stand auf und winkte in die Richtung des radfahrenden Paares. „Kommen Sie. Das hier ist eine der wenigen Bänke weit und breit und ich wollte gerade losfahren."

Die beiden Radfahrer schoben ihre Räder bis zur Bank. „Dürfen wir?" fragte die Frau. Sie trug ein weißes Fahrradtrikot mit großen roten Punkten und der

110

Aufschrift „C`est difficile de battre un Champion".
Meinolf kannte das Trikot. Es war das Trikot für den
punktbesten Bergfahrer bei der Tour de France. Die
Aufschrift allerdings gehörte original nicht dazu: Es ist
schwierig, einen Champion zu schlagen. Die Frau
schien allerdings den Ansprüchen des Trikots in keiner
Weise gewachsen zu sein.

„Gerne", sagte Meinolf, noch stehend, aber
entschlossen, diesen Ort so schnell wie möglich zu
verlassen, „hier kann man gut ausruhen und die
Aussicht genießen. Wenn ich recht gesehen habe, kam
gerade ein Seeadler vorbei." Ob das wirklich stimmte,
konnte er nicht beurteilen, aber es war ihm daran
gelegen, etwas Sand in das Räderwerk des Zankes zu
streuen.

„Wohin fahren Sie?" fragte der Mann, der ein
schwarzes Fahrradtrikot mit der Aufschrift „Sky" trug,
eines Bezahlsenders und zugleich eines Sponsors von
Siegern der Tour de France.

„Ich fahre einfach nur hier in der Gegend herum", sagte
Meinolf, „den Urlaub genießen. Und Sie? Wohin
wollen Sie noch?"

„Nach Lauenburg", sagte der Mann und wischte sich
imaginäre Krümel von seinem Trikot. „Wenn die
Knochen halten", fügte er mit Blick auf die Frau im
rotgepunkteten Trikot hinzu.

„Upps", entfuhr es Meinolf, „Lauenburg, das ist aber
noch sehr weit."

„Was ich Dir gesagt habe", mischte sich die Frau ein.
„Man kann auch Urlaub machen, ohne sich
abzustressen und man kann auch einfach nur in einer
bestimmten Gegend mit dem Fahrrad herumfahren und
am Nachmittag ein gutes Buch lesen."

„Anna, das klären wir später", sagte der Mann und wischte wieder nicht existente Krümel von seinem Trikot. Für einen Fahrradfahrer, dem man eine Tour-de-France Etappe zugetraut hätte, war er eindeutig zu alt und hatte etwas zu viel Bauch, insgesamt wirkte er aber sportlich und nicht unproportioniert. „Vielen Dank erst einmal für die Überlassung der Bank."

„Kein Problem", sagte Meinolf, „dann noch viel Spaß bei Ihrer Fahrradtour." Er sah zu, wie die beiden sich setzten, bestieg sein Rad und fuhr los. Es war besser, sich jetzt schnell zu entfernen, als das Geplänkel zwischen den beiden noch weiter anzuhören.

„Anna", hörte er aus der Entfernung, „ich muss doch sehr bitten, so vor allen Leuten."

„Das war ein einzelner Mensch und er wirkte sehr verständnisvoll. Ich muss im Übrigen auch sehr bitten", die Stimme der Frau, die Anna hieß, kiekste ein wenig, „und zwar um ein wenig Rücksichtnahme, nicht mehr und nicht weniger."

Meinolf beschleunigte seine Fahrt, um endlich ganz außer Hörweite zu gelangen. Sollten sich die beiden aneinander abarbeiten, aber bitte nicht in seiner Anwesenheit. Er fuhr Richtung Penkefitz und durchquerte den Ort. Vom Ortsende wären es nur noch einige hundert Meter bis zu der Stelle am Deich, an dem er vor kurzem sein Auto notgedrungen hatte abstellen müssen, um sich zu übergeben. Zu diesem Ort beziehungsweise daran vorbei musste er an diesem Tag nicht fahren, das erinnerte ihn zu sehr an sein Malheur mit dem übersäuerten Magen. Meinolf bog am Ortschild von Penkefitz in einen Wirtschaftsweg ein, der sich, mal nach rechts, mal nach links windend, durch die Seedorfer Wiesen führte. An einer Brücke, die über einen Entwässerungsgraben führte, hielt er an und sah den Schwalben zu, die unter der Brücke zu brüten schienen. Die Sonne schien schon volle Kraft zu haben, es begann, warm zu werden. Meinolf lehnte sein Fahrrad an das Geländer der Brücke an, setzte sich auf ein Mäuerchen und lehnte sich am Brückengeländer an. Wann hatte sich das Ereignis mit dem Magen an der Tauben Elbe abgespielt? War es gestern gewesen? Oder vorgestern? Wann war Kathrin abgefahren? Meinolf rutschte von dem Mäuerchen herunter und nahm auf der Betondecke der Brücke Platz. So konnte er seine Beine ausstrecken und sich dennoch an dem Geländer anlehnen. Der Beton, auf dem er jetzt saß, war angenehm warm.

Es wurde laut. Ein Motor knatterte und eine Hupe ertönte. Meinolf schreckte auf und öffnete die Augen. Er musste wohl eingeschlafen sein. Ein Mann stieg von seinem Traktor und kam auf ihn zu. „Alles in Ordnung?"

„Ja, alles in Ordnung", sagte Meinolf, „es war so behaglich hier auf der Brücke, da muss ich wohl eingeschlafen sein."

„Da bin ich aber beruhigt", sagte der Mann, der eine blaue Latzhose und Gummistiefel trug. Es klang nicht sehr freundlich. „Ich gehe dann mal zu meinem Trecker zurück und Sie räumen in der Zeit die Brücke. Sie sind hier nicht allein, andere Menschen müssen nämlich arbeiten."

„Okay, okay", beruhigte Meinolf. „ich bin einfach nur in dieser schönen Gegend eingeschlafen. Ist das ein Verbrechen?"

Der Mann fing an zu lachen. Erst klang es gezwungen, dann wurde es fröhlich. „Das muss ja ein irrer Genuss sein, hier auf einer mückenverseuchten Brücke auf Betonplatten zu schlafen. Beneidenswert. Tourist müsste man sein. Vielen Dank für den Tipp." Er drehte sich um und ging zurück zu seinem Traktor.

Meinolf stand auf und wollte den Traktor passieren lassen, doch der hielt auf seiner Höhe an.

„Ich komme gleich zurück, dann habe ich allerdings einen Heuwender hinten dran. Aber der würde nicht an Ihnen und Ihrem Fahrrad vorbeipassen", ließ sich der Traktorfahrer deutlich vernehmen, während der Motor weiterlief.

„Ich bin schon weg", rief Meinolf zurück. „Wo darf ich denn herfahren, damit ich Sie nicht bei Ihrer Arbeit behindere, nach Dambeck vielleicht?"

„Meine Güte." Die Stimme des Traktorfahrers übertönte den Motorenlärm jetzt überdeutlich. „Warum sind Sie denn so empfindlich? Stellen Sie sich doch den Schreck vor, den ich bekommen habe, als ich hier in den Wiesen einen Radfahrer auf einer Brücke haben liegen sehen. Sie können sich doch vorstellen – das volle Programm: Reanimation, gleichzeitig das Handy für den Notarztwagen bedienen, hinterher die Fragen der Kripo und so weiter." Er dämpfte seine Stimme wieder auf Normalmaß. „Eigentlich bin ich ja froh, dass Sie hier nur geschlafen haben." Er zog ein Kärtchen aus seiner Latzhose und stieg von seinem Fahrzeug. „Hier, meine Karte. Wir haben sehr schöne Ferienwohnungen in der Nähe, direkt auf dem Bauernhof."

„Danke", sagte Meinolf und nahm die Karte an sich. „Ich werde darüber nachdenken. Aber jetzt werde ich erst einmal losfahren."

„Ich auch." Der Traktorfahrer stieg auf sein Gefährt und hob die Hand.

Meinolf hob gleichfalls seine Hand und wartete, bis sich der Traktor aus seinem Blickfeld entfernt hatte.

114

Dann stieg er auf das Fahrrad, nachdem er noch einen Schluck aus seiner Trinkflasche genommen hatte.

An der nächsten Kreuzung blieb Meinolf stehen. Das Schild, welches dort stand und ihm auffiel, hatte er möglicherweise schon einmal gesehen, es aber noch nie richtig wahrgenommen. Oben war eine Kuh dargestellt und unten stand der Hinweis „Verschmutzte Fahrbahn". Aber dieser Hinweis war so verdreckt, dass man die Schrift nur soeben erkennen konnte. Meinolf fuhr näher an das Schild heran und sah es sich genauer an: Das Hinweisschild war nicht im klassischen Sinne schmutzverdreckt, sondern völlig von Algen bewachsen, sicherlich ein schönes Objekt für einen fotografisch interessierten Menschen. Die Wahrscheinlichkeit aber sprach dagegen, dass jemals ein Fotograf mit seiner Ausrüstung hier vorbeikäme. Meinolf selbst hatte es für sich abgelehnt, irgendwelche fotografische Interessen zu entfalten. Für wen sollte er dokumentieren, wen ging das überhaupt etwas an, wo er sich aufhielt, und auf der anderen Seite, wen sollte er damit langweilen, sich irgendwelche Fotos von einem Urlaub oder anderen Ereignissen anzuschauen? Außerdem war das Leben oftmals kompliziert genug und man musste nicht ständig ein neues Fass, und sei es nur ein weiteres Hobby, aufmachen. Es gab mehr als genügend Dinge und Gedanken, die ihn beschäftigten.

Meinolf fuhr nach Dambeck und bog dann in eine Straße ein, welche ihn, an einigen Gehölzen vorbei und einen kleinen See umkurvend, über Seedorf nach Damnatz zurückbringen würde. Fast wäre er stolz auf sich gewesen: Er hatte sich nicht kaputtgefahren, wie er es ursprünglich vorgehabt hatte. Er hatte einfach nur auf seine innere Stimme gehört und rechtzeitig eine

Pause eingelegt, um dann mit reduziertem Tempo weiterzufahren. Er hatte offensichtlich auch das Festival, dessen erster Abend ihm an diesem Tag noch bevorstand, ausblenden können. Ein Mittagsschlaf auf einer Brücke im Freien, einfach nur auf Betonplatten sitzend mit dem Rücken gegen ein Geländer gelehnt, das war ihm noch nie passiert. Allerdings war es nicht sein Ding, jetzt mit breit geschwellter Brust in Damnatz einzulaufen und darüber hinaus gab ein kleines Problem, welches aber lösbar erschien: Er hatte mächtigen Hunger.

Frau Beyer saß auf einer Bank vor der Haustür und las in einem Buch.

„Tag, Frau Beyer", rief Meinolf ihr vom Fahrrad aus zu und hielt an.

Frau Beyer ließ das Buch sinken, steckte ein Lesezeichen hinein und legte es neben sich auf der Bank ab. „Tag, Herr Schmitz. Haben Sie vor dem Konzert noch eine Runde gedreht?"

„Das habe ich, und zwar ganz gemütlich." Meinolf stieg vom Rad und vermied es, auf das Konzert des heutigen Abends einzugehen, denn was das betraf, hatte er sich noch nicht endgültig entschieden. „Jetzt werde ich mich erst einmal stärken und dann frisch machen. Und Sie lesen in einem spannenden Buch?"

„Ich bin fast fertig damit." Frau Beyer nahm das Buch in die Hand und hielt es hoch. „Es ist sehr ergreifend und sehr einfühlsam geschrieben: Ein Mensch auf der Suche nach seiner Identität. Das Buch stammt aus der sogenannten gelben Reihe eines kleinen Verlages – Frau Beyer nannte einen Namen, der Meinolf gar nichts sagte. Der Autor oder die Autorin spricht nicht alles en Detail aus und belässt dem Leser seine Phantasie."

„Kennt man den Autor beziehungsweise die Autorin denn nicht?" fragte Meinolf verwundert, „und das in unserer heutigen Zeit? Manchmal scheint heute doch die Person des Autors wichtiger zu sein als sein Werk, man denke nur an die ganzen Talk-Shows."

„Tom Pütz ist ein Pseudonym. In einigen Tagen hat dieser Autor oder diese Autorin hier in Damnatz eine Lesung und alle Leser hoffen, dass das Geheimnis dann gelüftet wird. Aber darauf kommt es im Grunde gar nicht an. Das Buch ist gut, wirklich gut, auch wenn mir die letzten zehn Seiten noch fehlen." Frau Beyer wirkte bei der Beurteilung eines Buches genauso unaufdringlich souverän wie an der Mangel im Wäschehaus. „Wenn Sie möchten, kann ich Ihnen das Buch auch gerne zur Verfügung stellen. Ich fürchte allerdings, dass ich Ihnen für die Lesung keine Karten mehr besorgen kann."
„Ist schon recht", wehrte Meinolf ab. „Mit Leuten, die auf der Suche nach ihrer Identität sind, kann ich im Grunde nicht viel anfangen. Aber vielen Dank für das Angebot. Ich komme bei Bedarf gerne darauf zurück."
„Natürlich, gern." Frau Beyer nahm das Buch, dessen maisgelber Umschlag Meinolf schon von weitem aufgefallen war, wieder in die Hand. Sie schien darauf gespannt zu sein, was auf den letzten zehn Seiten noch geschrieben war. „Gehen Sie denn heute Abend in das Konzert oder habe ich Ihnen da etwas aufgenötigt? Ich hatte den Eindruck, es wäre das Richtige für Sie."

„Frau Beyer, ich will ganz ehrlich sein", sagte Meinolf und betrachtete den maisgelben Buchumschlag, „ich habe mich sehr darüber gefreut, wie Sie sich um mich gekümmert haben und wie Sie mir etwas Gutes tun wollten. Aber dann habe ich Angst vor der eigenen

Courage bekommen. Drei Konzerte an drei Tagen und das im Urlaub, das erschien mir wenig später wie eine Mammutaufgabe. So langsam glaube ich aber, dass Sie recht haben. Warum soll man sich nicht mal auf etwas einlassen? Ich werde also heute Abend hingehen, da gibt es zeitgenössische Musik und morgen werde ich auch hingehen, da gibt es einen Schubert-Abend. Sie sehen, ich verlasse mich ganz auf Ihre Kompetenz."

Frau Beyer schmunzelte, suchte aber mit der Hand schon nach dem Lesezeichen. „Dann ist es ja gut."

„Bis später." Meinolf schob sein Fahrrad in Richtung Fahrradschuppen. Er musste jetzt unbedingt etwas essen, dann sich umziehen und nach Hitzacker fahren. Er blickte auf die Uhr. Es war schon sechs Uhr. Wie lange nur hatte er auf der Brücke in der Dambecker Marsch geschlafen?

III

Meinolf betrat das Foyer des Konzertsaales. Obwohl er viel zu früh dran war, waren schon etliche andere Menschen zugegen. Durch die weit geöffneten Türen hatte man einen Blick in den Saal und die Bestuhlung, die aus seitlich ineinander verhakten stapelbaren Stühlen bestand. Wahrscheinlich war dieser Saal für die verschiedensten Ereignisse konzipiert, für ein Jubiläum der freiwilligen Feuerwehr des Landkreises genauso wie für das Abschlussfest eines Schuljahrgangs. Einige Menschen saßen schon, die meisten aber hielten sich noch im Foyer auf. Meinolf zog die Karte des Abonnements, die für den heutigen Abend bestimmt war, aus seiner Hemdtasche und kontrollierte sie, dann steckte er sie zurück. Er blickte umher. Eine Frau schien ihn zu fixieren. Sie war mittelgroß und vielleicht mittelalt, aber vom Alter her schwer schätzbar, kein auffälliger Typ, eher das Gegenteil von Kathrin, aber keineswegs hässlich, wären da nicht ihre aufgesprungenen Lippen gewesen. Es war Meinolf so, als ob sie ihn durch leichtes Nicken ihres Kopfes begrüßte – er grüßte durch eine indifferente Kopfbewegung zurück. Dann blickte er an sich herunter. Er war passend für diesen Abend gekleidet und nicht großartig anders als andere Konzertbesucher, sicher, man war in einer Urlaubsregion und da hatte man nun einmal keinen Anzug oder etwas derartiges an. Er selbst hatte sich eine Jeans angezogen, ein Hemd, einen Pullover aus feiner Wolle und Straßenschuhe, andere Sachen hatte er gar nicht eingepackt, aber das war nichts Besonderes und machte ihn auch nicht auffällig. Welchen Grund, ihn zu fixieren, hätte diese Frau haben sollen?

Meinolf überlegte, ob er die Frau schon einmal irgendwo gesehen haben könnte, aber er hatte keine Idee. Er zog noch einmal seine Konzertkarte aus der Brusttasche, dann machte er sich daran, im Konzertsaal einen Platz zu suchen. Ein freundlicher junger Mann am Eingang kontrollierte Meinolfs Karte und gab ihm ein Blatt in die Hand. „Hier bitte, das Programm. Ich wünsche Ihnen einen schönen Konzertabend."
„Danke." Meinolf nahm den Programmzettel und suchte nach einem Sitzplatz. Hinten und am Rand, das wäre für ihn am besten.

Langsam füllte sich der Saal, während Meinolf sich in den Programmzettel vertiefte. Das Konzert sollte mit einem Flötenkonzert beginnen, danach war ein „Lied für Orchester" vorgesehen und nach der Pause kamen weitere Stücke für Orchester. Die Reihenfolge sah für ihn anders aus als auf dem Programm, welches ihm Frau Beyer gegeben hatte, aber da konnte er sich täuschen. Was hatte es mit der Frau auf sich, von der er angenommen hatte, dass Sie ihn vorhin fixiert hatte? Vielleicht hatte er sich in diesem Falle auch einfach nur getäuscht. Die Fahrradtour des heutigen Tages hatte ihm gut getan, allerdings war die Schlafpause auf der Brücke in der Dambecker Marsch wohl auch ein Hinweis darauf, mal ein wenig die Luft aus diesem Urlaub zu nehmen. Eigentlich war es ja auch kein Urlaub, es war ein Rückzug, ein Rückzug in ein Refugium, wie Kathrin es bezeichnet hatte. Was hätte er machen sollen, als Kathrin sich selbst eingeladen hatte? Sie einfach abweisen, sie ausladen? Es wäre ihm sicherlich besser bekommen, doch hinterher war man bekanntermaßen immer schlauer. Was machte der ältere Mann, den er in der Eisdiele von Hitzacker getroffen hatte, in Himbergen? Hinfahren und hindurch fahren, obwohl er sich sicher war, dass er das, was er erlebt hatte, nicht wieder vorfinden würde. Beifall ertönte. Meinolf blickte auf. Die Mitglieder des Orchesters kamen auf die Bühne des bis auf den letzten Platz besetzten Saales und nahmen ihrerseits Platz. Der Kammerton erklang und das Justieren der Instrumente setzte ein. Meinolf versuchte, sich auf das Konzert zu konzentrieren, er hatte wohl einige Zeit verträumt.

Wieder kam Beifall auf. Ein Mann in einem Straßenanzug mit Krawatte trat auf die Bühne, bahnte sich den Weg zum Dirigentenpult, wartete, bis der Beifall abebbte und begann zu sprechen. Als Sekretär dieses Festivals hätte er die Aufgabe, im Namen des Solisten eine Ansage zu machen, denn dieser müsste sich natürlich auf das technisch höchst anspruchsvolle Konzert von Gérard Pesson vorbereiten. Leider wäre es dem Solisten nicht möglich, in angemessener Kleidung aufzutreten, denn ein per Spedition vorausgeschickter Koffer, auf den man nun schon seit drei Tagen wartete, wäre immer noch nicht eingetroffen. Gottlob, fügte der Sekretär hinzu, trüge der Künstler, ginge er auf Reisen, seine Flöte immer bei sich, so dass einem musikalischen Genuss, wie das bei diesem hochkarätigen Künstler und dem gleichermaßen hochkarätigen Ensemble zu erwarten wäre, nichts im Wege stünde. Nun käme er zu dem zweiten Teil seiner Ansage. Das aufmerksame Publikum hätte sicherlich bemerkt, dass es hinsichtlich der Reihenfolge der Programmpunkte Umstellungen gegeben hätte, und ein Solistenkonzert gleich zu Beginn eines Konzertes wäre ja auch nicht normal. Das aber hätte einen sehr wichtigen, persönlichen Grund: Dem Solisten wäre ein Termin entfallen, er müsste daher auch auf eventuelle Zugaben verzichten, denn nach dem Flötenkonzert wartete auf ihn schon ein Taxi mit laufendem Motor. Das Publikum werde sich fragen, fuhr der Sekretär des Festivals fort, was für Gründe es denn gäbe, die so wichtig wären, eine Programmänderung durchführen zu müssen. Er wäre autorisiert, dies zu sagen: Der Solist hätte bei der Programmplanung schlicht und ergreifend seinen Hochzeitstag vergessen und man hätte diesen Kompromiss gefunden.

Zustimmung und Heiterkeit kamen im Saal auf und man klatschte Beifall, dazu kamen einige Bravo-Rufe. Der Sekretär verbeugte sich und verließ den Saal. Auch Meinolf musste schmunzeln. Das war gekonnt: Man ließ das Publikum an einem Missgeschick oder einer Vergesslichkeit beziehungsweise Schusseligkeit teilhaben und erntete dafür Sympathie. Da wurden ganz archaische Reflexe geweckt. Meinolf erinnerte sich, wie er einmal, es war schon einige Zeit her, seine kleine Nichte auf dem Arm gehabt hatte. Erst hatte er sich dagegen gesträubt, schließlich hatte er eingewilligt, aber dann das Kind so gehalten, auf keinen Fall einen Fehler zu machen, bloß nicht irgendetwas falsch zu machen bei diesem kleinen, unschuldigen, schützenswerten Wesen. Wieder kam Beifall auf. Der Solist und der Dirigent betraten die Bühne. Die Flöte in der einen Hand haltend, zwängte sich der Solist durch den recht engen Zugang zur Mitte der Bühne, ein massiger Mann mit einem unübersehbaren Bauch, gekleidet mit einer Jeans, die schon bessere Tage gesehen hatte und einem T-Shirt mit der Aufschrift „Hard-Rock-Café San Francisco", welches am Hals schon ausgeleiert war. Unter den Achseln malten sich Schweißflecke ab. Der Dirigent dahinter schien es mit professionellem Humor zu nehmen, jovial lächelnd und freundlich Orchester und Publikum zunickend, als ob er alte Bekannte begrüßte, folgte er dem Flötisten.

Frenetischer Beifall brandete auf, als Flötist und Orchester den Vortrag beendet hatten. In der Tat war es auch für Meinolf höchst eindrucksvoll gewesen, den Musikern und speziell dem Solisten bei der Klangerzeugung zuzuhören: Schabende, kratzende und klopfende Geräusch waren zu hören gewesen, dazu Quetschlaute, alles souverän gemeistert. Während der Flötist mit schweißnassem T-Shirt noch zweimal vor das Publikum trat und sich dann mit Worten: „Vielen Dank für Ihr Verständnis, Sie waren ein tolles Publikum, ich komme gerne wieder", Kusshändchen werfend verabschiedete, studierte Meinolf seinen Programmzettel. „Aggravations et final" von Gérard Pesson aus dem Jahre 2002 hatte er soeben gehört, gleich käme das „Lied für Orchester" von Jörg Widmann aus dem Jahre 2003, überarbeitet 2009, explizit für einen Zyklus mit dem Titel „Schubert-Dialog" komponiert. Der Name des Komponisten war Meinolf nicht bekannt.

„Waltraud, ich weiß wirklich nicht, was ich hier soll." Das Ehepaar links neben Meinolf unterhielt sich leise, aber für Meinolf doch deutlich vernehmbar. „Immer diese modernen Sachen. Wenn überhaupt, warum können wir nicht morgen Abend zu dem Schubert-Abend gehen?"
„Klaas, auf etwas Neues willst Du Dich einfach nicht einlassen, Du verharrst in einem völlig musealen Kunstverständnis. Nein, etwas zu erkunden, das kommt Monsieur nicht in den Sinn", zischte die Frau.

„Statt ins Konzert oder ins Museum könnten wir auch einmal spazieren gehen", warf der Mann ein.

„Du und spazieren gehen, dass ich nicht lache", murmelte die Frau, „drei Schritte über die Promenade und Du sitzt im Café."

Meinolf, der ehelichen Auseinandersetzungen für den heutigen Tag müde, drehte den Kopf und nahm Blickkontakt mit seiner Nachbarin zur rechten auf. Diese – sie trug kurzes rotes Haar – zog die Augenbrauen über ihrer Lesebrille hoch. „Tolles Flötensolo", sagte sie.

„In der Tat", beeilte sich Meinolf zu sagen, aber das ging wohl im Klatschen des Publikums unter: Der Dirigent betrat die Bühne für das „Lied für Orchester." Die ersten Töne erklangen, und Meinolf versuchte, sich von der Musik mitnehmen zu lassen.

„Wie fanden Sie das Konzert bisher?" Der Beifall hatte geendet und das Publikum machte sich auf, zur Pause ins Foyer zu gelangen. Die Frau mit den aufgesprungenen Lippen hatte Meinolf angesprochen. Sie stand aus irgendeinem Grund, für ihn unvermutet, neben ihm und wartete innerhalb der Menschenschlange, eine der wieder breitgeöffneten Türen zum Foyer zu passieren.

„Ich versuche einmal, es so zu sagen." Meinolf suchte nach einer Formulierung. „Da erinnert sich ein Komponist an Schubert, ich denke, auch an Mahler und schafft es aus dieser Erinnerung heraus, etwas völlig Neues und Eigenes zu schreiben. Das finde ich unglaublich. Ich war während des Konzertes wirklich beeindruckt und bin es noch."

„Wie schön." Die Frau verzog die aufgesprungenen Lippen zu einem Lächeln.

Meinolf ärgerte sich über sich selbst, dass er sich so spontan und fast unkontrolliert zur Beantwortung einer Frage hatte hinreißen lassen, nicht zuletzt aber über die ihm völlig unbekannte Frau, die ihm diese Frage gestellt und seine sehr persönlichen Worte entlockt hatte. Wollte die Frau ihn stalken? Er wollte in jedem Fall auf der Hut sein. Die Menschenschlange hatte die Tür zum Foyer erreicht und Meinolf sah erleichtert, wie ein Grüppchen von Menschen auf die Frau mit den aufgesprungenen Lippen zukam und mit Beschlag belegte. „Da bist Du ja Dörte", hörte Meinolf einen Mann sagen, „wie schön, auch mal einen Abend im Publikum verbringen zu können." Meinolf entfernte sich unauffällig und ging zur Toilette. Er hatte Gespenster gesehen. Wahrscheinlich war die Frau eine Musikerin, die mit dem Festival zu tun hatte und einfach nur musikalischen Small-Talk führen wollte.

Meinolf trocknete sich die Hände, indem er sie unter dem Wärmestrahl des unvermeidlichen öffentlich-rechtlichen elektrischen Händetrockners rieb. Als hygienisch galt ein solches Gerät nicht, vorteilhaft an diesem Ort aber war das Fehlen von Aufklebern oder Plakaten, die auf irgendwelchen urologischen Schnickschnack hinwiesen. Meinolf überlegte, wie er sich verhalten sollte. Das Konzert war für ihn bis hierhin emotional und anstrengend gewesen und er fühlte sich trotz seiner Schlafpause in den Dambecker Wiesen bettmüde. Meinolf beschloss, nach Damnatz zu fahren. Allerdings wäre es nicht schlecht, vor der Heimreise, auch wenn sie nur fünfzehn Kilometer betrug, einen Kaffee zu trinken. Im Foyer hatte er eine lange Tischreihe mit weißen Decken gesehen und Menschen, die sich daran zu schaffen machten. Das sah nach Gastronomie aus.

Er verließ das Foyer des Konzertsaales zu dem Rondell hin, welches dem Gebäude vorgelagert war. Er steckte sich eine Zigarette an und rauchte langsam. Als er damit fertig war, warf er die Kippe in einen Gully und ging ein paar Schritte. Er inhalierte die frische, schon recht abendkühle Luft, setzte sich auf eine Bank und rauchte eine weitere Zigarette. Das Programm war für ihn schon sehr intensiv gewesen. Aus dem Konzertsaal drang Klatschen an sein Ohr, dann ganz leise auch Musik. Das Konzert hatte wieder begonnen. Meinolf erhob sich, ging in das Foyer des Konzertsaales zurück und näherte sich der Tischreihe, die mit weißen Decken eingedeckt war, darauf Kannen und Platten mit belegten Brötchen, die vorher wohl noch nicht darauf gewesen waren. „Wäre es wohl möglich, eine Tasse Kaffee zu bekommen?" fragte er eine hinter der Tischreihe sehr geschäftig wirkende Frau.

„Sicher, klar. Kaffee ist dort in der Kanne mit dem roten Punkt, Milch und Zucker sind daneben und Tassen stehen da auch." Die Frau zeigte kurz in eine bestimmte Richtung, dann trug sie einen Stapel mit Tellern zu einem Tisch. Meinolf goss sich aus der Kanne Kaffee ein, pellte zwei Stücke Würfelzucker aus der papiernen Umhüllung, gab sie in die Tasse, öffnete zuletzt ein Portionspäckchen mit Milch und goss es in seinen Kaffee.

„Abends wird relativ wenig Kaffee getrunken, deswegen biete ich nur eine Kanne an, dazu Würfelzucker und Milch in Portionspäckchen", sagte die Frau und trug einen weiteren Tellerstapel zum Tisch. „Die meisten trinken erst Sekt und dann Wein und Bier, wenigstens diejenigen, die nicht mit dem Auto unterwegs sind. Die anderen trinken meist Mineralwasser. Süße alkoholfreie Getränke gehen heute gar nicht mehr." Sie hatte kräftige Hände, trug die blonden Haare zu Rasterlocken gedreht, mochte vielleicht Anfang dreißig sein und sah so aus, als ob sie sich vor der Arbeit nicht bange machte. „Warum sind Sie nicht darin?" fragte sie, „gefällt Ihnen das Konzert nicht?"

„Ich fand es unglaublich intensiv", sagte Meinolf, „besonders das letzte Stück. Eigentlich reicht mir das. Ich glaube, da kann man nichts mehr draufsetzen. Ich wollte eigentlich nur noch einen Kaffee trinken, um mich für die Rückfahrt zu rüsten. " Er trank einen Schluck Kaffee.

„Es ist immer schön, wenn unsere Festivalgäste sich wohlfühlen und zufrieden sind", sagte die Frau und bewegte ihre Locken, „wo müssen Sie denn noch hin?"

„Nach Damnatz", sagte Meinolf, „aber ich fürchte, Sie werden über die Entfernung dorthin nur lachen."

„Das ist immer relativ", sagte die Frau, „für den einen ist es weit, dem anderen macht die Entfernung nichts. Aber Sie sehen hungrig aus. Musik kann sehr anstrengend sein. Wollen Sie etwas essen?"

„Ich habe im Grunde entsetzlichen Hunger", gestand Meinolf, „aber es wäre zu kompliziert, das zu erklären."

„Essen Sie einfach", sagte die Frau. „Was wollen Sie? Ich könnte Ihnen ein Brötchen mit Roastbeef anbieten und eines mit pikantem Gouda. Das wird am meisten gegessen." Sie lud von einer Platte ein Roastbeef-Brötchen auf einen Teller, von einer anderen ein Käsebrötchen. „Die Remouladensauce auf dem Roastbeef ist selbst gemacht, ein absolutes Muss. Hier, bitte." Sie reichte Meinolf den Teller und zeigte in eine bestimmte Richtung. „Das leere Kaffeegeschirr können sie dort hinten in eine der blauen Kisten stellen und Papierservietten finden Sie gleich hier."

Meinolf nahm den Teller mit den belegten Brötchen entgegen, stellte ihn auf einem Stehtisch ab, nahm sich eine Papierserviette und brachte sein Kaffeegeschirr weg. Dann stellte er sich an einen Stehtisch und begann, seine Brötchen zu verzehren. In der Tat war die Remouladensauce in der Verbindung mit dem Roastbeef sehr schmackhaft, aber auch das Brötchen mit dem pikanten Gouda war lecker. Meinolf nahm seinen Teller und ging zu der Tischreihe, hinter der die Frau mit dem Rasterlocken jetzt Sektgläser aus Kartons nahm und auf einem freien Tisch anordnete. „Wo darf ich den Teller hinstellen?" fragte er.
„Auch in eine der blauen Kisten", hörte er.
Meinolf brachte seinen Teller dorthin, wo er schon sein Kaffeegeschirr abgestellt hatte. Er ging zu der Tischreihe zurück. „Ich würde noch gern bezahlen."
„Wie fanden Sie die Brötchen?" fragte die Frau mit den Rasterlocken.
„Sehr, sehr gut. Kompliment für die Remouladensauce."
Ein freundliches Lächeln malte sich in das Gesicht der jungen Frau. „Danke sehr. Das Rezept ist im Grunde sehr einfach, quasi ein Schnellgericht: Man nimmt Eigelb, Zitronensaft, Senf und Zucker und macht daraus einen Emulgator. Dann gibt man langsam unter ständigem Rühren die entsprechende Menge an Öl dazu, schmeckt mit Pfeffer und Salz ab und schon ist eine Mayonnaise fertig. Für eine Remoulade fügt man einfach noch Kräuter, Cornichons und gehacktes Ei dazu." Die Frau schien in ihrem Element zu sein.

„Toller Tipp, danke", sagte Meinolf, „aber lassen wir das Geschäftliche nicht zu kurz kommen. Noch einmal gefragt, was bin ich Ihnen schuldig?"

„Das geht aufs Haus. Sehen Sie, ich decke gerade für den Empfang nach dem Konzert ein. Der ist für die Honoratioren aus Politik und Wirtschaft und die Musiker gedacht. Aber wie üblich, werden die einen auf der einen Seite und die anderen auf der anderen stehen und sich ausschließlich nur untereinander unterhalten. Ich bin hier die Chefin vom Catering und ich freue mich, dass Ihnen die Brötchen geschmeckt haben." Sie lachte und ließ ihre Rasterlocken hin und her wippen.

„Ist da gar nichts zu machen?" Meinolf war die Situation etwas peinlich.

„Absolut gar nichts. Ihr Kompliment ist mir mehr als genug." Resolut schüttelte die Frau ihren Kopf. „Ich decke noch jetzt ein wenig ein, das schaffe ich gut allein, dann kommt wieder ein Teil meiner Truppe, um beim Ausschenken der Getränke zu helfen und zum Schluss die ganze Armada, um hier klar Schiff zu machen. Und morgen geht es weiter, natürlich woanders. Stellen Sie sich vor: Ein fünfundsiebzigster Geburtstag mit hundertzwanzig Gästen!"

Rote Flecken traten auf die Wangen der Frau und sie redete jetzt ähnlich echauffiert und euphorisch wie Kathrin, als sie Meinolf von dem gelungenen Projekt in Hamburg erzählt und das dann zum Anlass genommen hatte, sich nach einem Tag, besser gesagt, nach einer Nacht, von ihm an den Zug in Dannenberg hatte bringen lassen.

„Aber harte Arbeit ist es natürlich." Meinolf wollte auf eine neutrale Ebene kommen.

„Ich arbeite viel und gerne. Aber es lohnt sich derzeit. Mein Prinzip ist: Erst mal zehn Dicke machen, wie man das beim Rudern nennt, also reinhauen; irgendwann sind die Schulden weg, dann kann man gut verdienen und, wenn man etwas gespart hat, ganz zuletzt kürzertreten."

„Dann viel Glück. Und nochmals vielen Dank." Meinolf sah die Gelegenheit, sich zu verabschieden.

„Gute Heimreise." Die Chefin des Caterings packte jetzt Weingläser aus und sortierte sie auf einen der Tische.

Meinolf verließ das Foyer in Richtung des Rondells und ging noch einige Schritte weiter, bis er zu seinem Wagen gelangte. Es war schon recht dämmrig geworden. Es hatte ihm auf der Zunge gelegen, die Frau vom Catering zu fragen, ob in ihrem Leben noch Zeit wäre, eine Beziehung zu führen, aber er hatte es sich Gott sei Dank verkniffen, denn was hätte diese Frau geantwortet? Wahrscheinlich hätte sie ihn gefragt, ob er denn auch so viel arbeitete, um ihn dann, hätte er verneint oder den Kopf geschüttelt, zu fragen, ob er, Meinolf, denn überhaupt in einer Beziehung lebte. Er öffnete den Wagen, setzte sich, gurtete sich an und startete. Gut, dass er sich in dem Gespräch so neutral verhalten hatte. Die Brötchen waren exzellent gewesen, an einem Erfolg dieses Catering-Unternehmens hatte er keinen Zweifel. Ihm wäre es allerdings lieber gewesen, wenn er Brötchen und Kaffee auch hätte bezahlen können.

Meinolf fuhr durch die Stadt und bog dann auf die Elbuferstraße ab. Während er den Blinker betätigte, fragte er sich, warum er nicht auf der Hauptstraße bliebe, die nach Dannenberg führte, um dort auf die

130

Bundesstraße einzubiegen, die er bei seiner Hinreise in diese Gegend genommen hatte. Wahrscheinlich war es Gewohnheit. Es begann jetzt, richtig dunkel zu werden. Meinolf durchquerte Wussegel und folgte der Straße, die jetzt in einem großen Bogen die Halbinsel der Dannenberger Marsch umrundete. Rechterhand lag ein Gehölz; hier war es stockfinster, weil das Licht des Mondes, der aufgegangen war, nicht durchkam. Irgendetwas stand kurz vor Meinolf auf der Straße. Er musste in die Bremsen steigen, dann stand der Wagen. Ein Reh stand knapp vor der Kühlerhaube auf der Straße, wahrscheinlich durch das Scheinwerferlicht geblendet. Meinolf schaltete das Licht aus und sah schemenhaft das Reh abspringen. Er startete den Wagen, den er bei dem Bremsmanöver abgewürgt hatte, schaltete das Licht wieder ein und setzte seine Fahrt fort. Vor seinem Quartier angekommen, parkte er den Wagen auf dem Grünstreifen vor dem Ferienhaus. Er ließ die Wagentür vorsichtig ins Schloss fallen. Sollte schon jemand schlafen, wollte er ihn nicht durch Autolärm stören. Meinolf suchte nach dem Wohnungsschlüssel, nahm ihn aus der Hosentasche und ging zu seiner Ferienwohnung.

IV

„Guten Tag", sagte Meinolf, als er die Buchhandlung betrat. Er hatte sein Fahrrad abgestellt, abgeschlossen, das Portemonnaie aus dem Lenkerrucksack genommen und in eine der Taschen seines Fahrradtrikots gesteckt. Danach hatte er den Lenkerrucksack in die Packtasche gesteckt, die er mitgeführt hatte, insgesamt ein komplizierter Vorgang.

„Guten Tag", sagte die junge Dame, die hinter der Kasse saß. „Womit kann ich Ihnen dienen?"

„Ich suche", sagte Meinolf, die Packtasche an der Hand, „etwas Ornithologisches, und zwar ein Bestimmungsbuch für Vögel und eine CD mit Vogelstimmen. Haben Sie etwas da oder können Sie mir da etwas empfehlen?"

„Wenn ich ehrlich bin", sagte die junge Dame, „bin ich persönlich auf diesem Spezialgebiet überfragt. Wir haben da hinten eine Ecke mit Natur und Ökologie und ich würde Sie bitten, sich dort schon einmal umzusehen. Ich werde rasch Herrn Olbing anrufen, der ist der Chef, der kennt sich bestens aus. Im Augenblick ist er außer Haus. Er kann in fünf Minuten hier sein." Sie senkte ihre Stimme. „Er geht um diese Zeit immer gern mit Kollegen einen Kaffee trinken."

„Warum nicht?" sagte Meinolf, „wenn die Work-Life-Balance stimmt, ist das doch sehr positiv."

„Das stimmt." Die junge Dame nickte zustimmend. „Ich werde dann mal telefonieren."

„Nein", sagte Meinolf, „das wäre nicht in Ordnung. Ihrem Chef, diesem Herrn Olbing, sollte man doch auch eine Pause unter Kollegen gönnen. Wann, meinen Sie, käme er denn ohne Ihren Anruf?"

„Ich denke, in zehn Minuten", sagte die junge Dame, nachdem sie auf ihre Uhr geblickt hatte, „in dieser Hinsicht ist er sehr penibel."

„Das passt mir sehr gut", sagte Meinolf. Eigentlich passte es ihm nicht, aber es ging nicht an, aus jeder Bagatelle eine Staatsaffäre zu machen. „Das Wetter ist schön und es spricht nichts dagegen, draußen zu sitzen und ein Eis zu essen. Ich habe gerade eine Eisdiele am Marktplatz von Dannenberg gesehen. Da werde ich hingehen und eben ein wenig später wiederkommen."

„Dürfte ich Sie denn noch auf ein wirklich gutes neues Buch aus dem Bereich der Belletristik aufmerksam machen?" Die junge Dame schien gut geschult. „Der Autor beziehungsweise die Autorin – wir wissen es noch nicht – schreibt unter dem Pseudonym Tom Pütz. Demnächst findet in dieser Gegend eine Dichterlesung statt. Vielleicht wird dann das Geheimnis gelüftet, wer Tom Pütz wirklich ist. Aber unabhängig davon: Das Buch ist wirklich gut und ungemein subtil geschrieben."

„Ich habe von dem Buch gehört", sagte Meinolf. „Die Person, die mir davon erzählte, sprach von einem Menschen auf der Suche nach seiner Identität."

„Das ist sicherlich *eine* Facette dieses Buches", sagte die junge Dame, „ein jeder Leser wird in seiner Beurteilung einen anderen Schwerpunkt setzen, aber – wie gesagt – ein sehr, sehr lesenswertes Buch. Wollen Sie vielleicht ein wenig darin blättern?"

„Sehr liebenswürdig", antwortete Meinolf und musste ob der Hartnäckigkeit innerlich schmunzeln, „aber mein Schwerpunkt liegt momentan ganz in der

Ornithologie und der Musik. Sie wissen, das Festival: Das bindet doch einige Gedanken."

Die Tür der Buchhandlung öffnete sich und ein Mann trat herein. „So, da bin ich wieder."
„Herr Olbing", sprach ihn die junge Dame an, „hier ist ein Kunde, der etwas Ornithologisches sucht." Sie wirkte etwas beleidigt. „Herr Olbing", fügte sie dann allerdings professionell und zu Meinolf gewandt hinzu, „ist Mitglied der hiesigen avifaunistischen Arbeitsgemeinschaft. Er kennt wirklich jeden Vogel und natürlich auch jedes Vogelbuch und jede Vogel-CD."
„Der neue Svensson ist da", übernahm Herr Olbing das Gespräch, „da ist das Möwenkapitel völlig neu überarbeitet. Über dreihundert Seiten, viele neue Abbildungen, sehr gelungen. Wollen Sie sich das Buch einmal ansehen?"
„Ich suche etwas für Einsteiger", sagte Meinolf. „Bei dem Buch, welches Sie genannt haben, hört es sich so an, als sei es eines für Fortgeschrittene. Gibt es vielleicht ein Buch, welches sich auf die häufigsten hundert Vögel beschränkt?" Es kam ihm so vor, als feixte die junge Dame, die ihm erfolglos den Roman von Tom Pütz angeboten hatte, ein wenig. Vielleicht hatte er sich gerade mit dem Schwerpunkt Ornithologie zu weit aus dem Fenster gelehnt.

„Kommen Sie mit." Herr Olbing führte Meinolf zu dem Teil des Ladenlokals, den seine Mitarbeiterin zuvor als Ecke für Natur und Ökologie bezeichnet hatte. Er nahm ein Buch aus dem Regal. „Dann kann ich Ihnen dieses empfehlen: „Unsere häufigsten Gefiederten" von Thomas Liebrecht-Wegener. Ein sehr gutes Buch und didaktisch hervorragend aufgebaut. Für elf Euro fünfundneunzig zudem ungemein preiswert."

„Das Buch nehme ich", sagte Meinolf. „Haben Sie auch eine Vogel-CD für Einsteiger?"

„Nehmen Sie diese." Herr Olbing drehte sich zu einem anderen Regal und nahm eine in Plastik verpackte CD heraus. „Vogelstimmen im Training. Gesänge und Rufe der häufigsten Vögel Mitteleuropas. Für vierzehn Euro fünfundneunzig auch sehr preiswert."

„Ich nehme beides", sagte Meinolf.

„Gern", sagte Herr Olbing, „und wenn Sie mal raus ins Feld wollen, kommen Sie doch einfach mit. Am Sonntag um fünf Uhr treffen wir uns an der Tauben Elbe bei Penkefitz. Bringen Sie Ihr Fernglas mit, aber ich lasse Sie auch durch mein Spektiv gucken."

„Ich fürchte, ich habe Sie nicht ganz verstanden", gab Meinolf von sich, „was heißt raus ins Feld?"

„Na, eine ornithologische Exkursion machen." Herr Olbing lachte. „Verhören der Rohrsänger und Schwirle, ein Rotmilan-Pärchen brütet dort und auch die Trauerseeschwalben. Vorgestern haben wir sogar eine Weißbart-Seeschwalbe gesehen."

„Vielen Dank für Ihr Angebot", sagte Meinolf, „aber da wäre ich im Augenblick hoffnungslos überfordert. Vielleicht im nächsten Jahr."

„Gehen Sie auf die Internetseite unserer avifaunistischen Arbeitsgemeinschaft. Da finden Sie die Termine", empfahl Herr Olbing. Er schrieb eine Internetadresse auf einen Zettel und reichte ihn Meinolf. Dann ging er zum Kassentresen und legte Buch und CD darauf. „Meine Mitarbeiterin kümmert sich um den Rest. Vielen Dank für Ihren Einkauf. Sie werden nicht enttäuscht sein." Er verschwand im Hintergrund des Ladenlokals.

Meinolf zog sein Portemonnaie heraus und steckte den Zettel hinein.

„Das macht dann sechsundzwanzig neunzig." Die junge Dame tippte in die Kasse ein. Meinolf reichte eine Fünfzig-Euro-Note über den Tresen.
„Einpacken?"
Meinolf schüttelte den Kopf. „Nicht nötig."
„Tütchen?"
Meinolf nickte. „Gern." Er nahm Kassenbon und Wechselgeld entgegen, steckte sein Portemonnaie in das Fahrradtrikot und verstaute das Tütchen mit Buch und CD in seiner Packtasche. „Ich wollte Sie gerade nicht kränken, aber im Augenblick habe ich so viel im Kopf, da komme ich gar nicht dazu, einen Roman zu lesen."
„Kein Problem damit", sagte die junge Dame nicht ohne Freundlichkeit und kam hinter dem Tresen hervor, „manchmal ist einem eben nicht danach." Sie hielt Meinolf die Ladentür auf. „Vielleicht nehmen Sie sich später einmal die Zeit dazu, diesen Roman zu lesen. Es lohnt sich wirklich. Ein tolles Buch."
„Ganz bestimmt", gab Meinolf zurück, „und vielen Dank." Er verließ den Laden. Jetzt ein Eis und ein Espresso, das wäre genau das richtige.

Meinolf bestellte, wie er es gewöhnt war, zwei Kugeln Stratiatella und einen Espresso. Er hatte einen kleinen Tisch für sich allein ergattern können – das Eiscafé am Markt unterhalb des mittelalterlichen Turms war gut besucht. Meinolf leerte die Espresso-Tasse zur Hälfte, verzehrte den Keks, den es dazu gab und nahm die erste Kugel von dem Eis zu sich. Der Morgen war anregend gewesen. Auf dem Weg zum

Fahrradschuppen hatte er Frau Beyer getroffen. Diese, auf dem Weg zum Garten, hatte ihn angesprochen.

„Guten Morgen, Herr Schmitz. Ich muss Ihnen unbedingt etwas zeigen." Es war normalerweise nicht Frau Beyers Art, so mit der Tür ins Haus zu fallen. Etwas unsicher war Meinolf ihr gefolgt. Frau Beyer hatte ihn in das Atelier ihres Mannes geführt. Ein Bild stand auf der Staffelei. „Gestern ist es fertig geworden. Ich zeige es Ihnen als Erstem. Mein Mann ist gerade weg. Ich weiß gar nicht, ob es ihm überhaupt recht wäre, wenn ich Ihnen das Bild zeige, aber ich kann es nicht für mich behalten." Frau Beyer hatte neben dem Bild gestanden und gestrahlt. „Es ist wirklich gut gelungen. Ein Meisterwerk."

Meinolf hatte das Bild betrachtet. Da saßen nebeneinander auf einer Bank ohne Lehne zwei Personen, die eine war größer, die andere kleiner, wahrscheinlich Mann und Frau. Nur Kopf, Körper und Beine waren dargestellt, die Arme fehlten. Der Mann saß mehr aufrecht, die Frau schien sich mit dem Oberkörper von ihm abzuwenden, gleichzeitig aber wies eines ihrer Beine in Richtung des Mannes. Es kam Meinolf so vor, als ob diese beiden gesichtslosen Menschen irgendwie miteinander kommunizierten. Oder war es Sprachlosigkeit, die herrschte? Alles war ambivalent in dem Bild, auch die Farben, die dieses sonderbare Paar umgaben. War es eine Landschaft, die dargestellt war oder nur eine Schattierung von Farben? Hier waren es Tupfer warmer Farben, dort erschienen sie fahl. Waren Kathrin und er dargestellt? Es hätte sein können, aber es konnte nicht sein. Was wusste der Künstler denn schon über sie beide? Aber genau dieses Empfinden hatte das Bild in Meinolf ausgelöst. „Frau Beyer", hatte Meinolf nach einiger Zeit gesagt, „da ist

Ihrem Mann aber etwas Großes gelungen. Was steckt alles in diesem Bild!"

„Ich freue mich", hatte Frau Beyer gesagt, „dass Sie das auch so sehen. Wie hat mein Mann mit diesem Bild gerungen! Er war schon dabei, wie er sich manchmal so auszudrücken pflegt, den ganzen Schinken wieder abzukratzen, weil er seiner Ansicht nach die Spannung zwischen den beiden Menschen nicht hingekriegt hat. Dann hat er die Arme und die Gesichter der beiden einfach weggenommen. Ich sage Ihnen, das erfordert ganz schön viel Mut."

Meinolf aß die zweite Kugel Stratiatella, dann leerte er die Espresso-Tasse. So emotional und so stolz auf ihren Mann hatte er Frau Beyer noch nie erlebt.

„Das Bild verdient einen Ehrenplatz in Ihrem Wohnzimmer", hatte er gesagt.

„Sie werden", hatte Frau Beyer geantwortet, „in unserem Haus kein Bild meines Mannes finden. Das wäre uns zu teuer", hatte sie hinzugefügt, aber es hatte überhaupt nicht überheblich geklungen. Die Sicherheit, die Gewissheit, dass Heinfried Beyer-Moll ein großer Künstler war, hatte in diesen Worten gelegen.

Meinolf hatte sich von Frau Beyer verabschiedet und war dann nach Dannenberg zur Buchhandlung gefahren. Jetzt saß er in dem Eiscafé und überlegte, wie er bis zum Konzert verfahren sollte. Er sah auf die Uhr. Eine kleine Runde könnte er noch drehen, vielleicht sollte er über Splitau nach Gusborn fahren, um dann über Quickborn nach Damnatz zu gelangen. Doch dann verwarf er diesen Gedanken. Es wäre besser, direkt in sein Refugium, wie es Kathrin bezeichnet hatte, zurückzukehren. Einen Tag zuvor hatte er, obwohl mit ausreichend Hunger ausgestattet, zu essen vergessen und sich dann noch von der Chefin des Caterings aushalten lassen. Toast, Schinken und Salami waren noch vorhanden. Meinolf winkte die Bedienung heran, bezahlte, stand auf und ging, die Packtasche an der Hand, zu seinem Fahrrad.

V

Meinolf betrat das Foyer des Konzertsaals. Obwohl er auch an diesem Abend viel zu früh dran war, standen schon etliche andere Menschen im Foyer. Die Türen zum Saal waren weit geöffnet, aber es saß noch niemand darin. Meinolf griff in seine Hemdtasche, zog die Eintrittskarte heraus und kontrollierte sie. In der Tat war es die Karte für den heutigen Abend – wie sollte es auch anders sein? – er hatte die Karte schon in der Ferienwohnung sorgfältig überprüft, bevor er sie in die Tasche seines Hemdes gesteckt hatte. Er hatte für diesen Abend dieselbe Kleidung gewählt wie für den Vorabend – eigentlich war es albern, darüber nachzudenken – er hatte für einen derartigen Anlass ohnehin nichts anderes mitgenommen. Meinolf ging auf eine der weit geöffneten Türen des Saales zu, so hatte er genug Zeit, sich zu setzen, den Programmzettel zu studieren und sich auf das Konzert einzustimmen, allerdings vermisste er jemanden, der an der Tür stand, die Karten kontrollierte und die Programmzettel verteilte.

Meinolf blieb stehen und sah sich um. Eine Frau in einem blauen Kostüm trat auf ihn zu. „Wollen Sie schon hineingehen? Der Hammerflügel wird noch gestimmt. Es wird noch ein paar Minuten dauern." Die Frau trug einen Anstecker mit der Aufschrift „Musikfestival Hitzacker".
„Ein bisschen sitzen, den Programmzettel studieren und mich in aller Ruhe auf das Konzert vorbereiten", sagte Meinolf, „mehr wollte ich eigentlich nicht."
„Sie werden nicht enttäuscht werden." Die Frau in dem blauen Kostüm lächelte. „Den Programmzettel hole ich

140

Ihnen sofort." Sie ging zu einem Tisch und brachte Meinolf ein Blatt. „Dieser Hammerflügel ist etwas ganz Besonderes. Eine Leihgabe aus dem Museum in ..." Sie nannte den Namen einer Stadt. „Ein Instrument aus der Schubert-Zeit. Und der Pianist des heutigen Abends ist auch ein ganz Besonderer." Es klang einstudiert.

„Danke", sagte Meinolf und drehte den Programmzettel hin und her, „da bin ich natürlich sehr gespannt."

„Genießen Sie den Abend." Die Frau im blauen Kostüm lächelte wieder, dann drehte sie ab und zog sich ins Foyer zurück.

„Sie werden nicht enttäuscht sein." Das hatte er am heutigen Tag schon einmal gehört. Meinolf warf einen Blick auf den Programmzettel: Vor der Pause sollte die G-Dur-Sonate von Schubert erklingen, nach der Pause die B-Dur-Sonate. Es war lange er, dass Meinolf diese Musik gehört hatte; er besaß noch eine Kollektion von alten Schallplatten, auf der sämtliche Klavierwerke Schuberts eingespielt waren, aber wann hatte er diese Box zuletzt in der Hand gehabt – vor einem Jahrzehnt, vor zweien?

„Das ist aber schön, dass Sie sich heute Abend die Zeit genommen haben." Die Frau mit den aufgesprungenen Lippen sprach Meinolf an. Offensichtlich hatte sie bemerkt, dass er am Vorabend das Konzert schon nach der Pause verlassen hatte. War es ironisch gemeint? In ihm stellte sich dasselbe Gefühl ein wie früher in der Schule, wenn er verpetzt worden war.

„Ich fürchte, ich habe mich nicht richtig ausgedrückt", sagte die Frau und lachte. „Sie machen ein Gesicht, als hätte man Sie bei einem Ladendiebstahl ertappt. Ich meine, dass es nicht jedermanns Sache ist, nach einem intensiv erlebten Konzert am nächsten Abend ein weiteres zu hören. Mir geht es im Grunde so. Zudem sind die beiden Schubert-Sonaten sehr gehaltvoll."

„Sie haben völlig Recht", sagte Meinolf. Irgendwie war er erleichtert, sich nicht rechtfertigen zu müssen. „Ich denke, wenn das historische Instrument gestimmt ist, wird es ja losgehen."

„Das wird noch etwas dauern." Die Frau bewegte ihre Hände nach unten. „Solch ein Hammerflügel ist ein kapriziöses Wesen. Er verzieht sich schneller als ein moderner Konzertflügel und stellt speziell in den Mittellagen große Anforderungen an die Flexibilität des Pianisten. Das liegt am hölzernen Rahmen, der nur an einigen Stellen durch Metall verstärkt wird. Die heutigen Konzertflügel haben einen gusseisernen Rahmen, der hält zwanzig Tonnen Saitenzug aus. Das Instrument da", sie zeigte mit dem Kopf in den Konzertsaal, „kommt vielleicht auf drei Tonnen Saitenzug. Wenn ich Sie langweile, sagen Sie es bitte, ich finde so etwas spannend." Ihre Augen leuchteten.
„Überhaupt nicht", antwortete Meinolf und fragte sich gleichzeitig, warum ihn die Frau angesprochen hatte. War er das Opfer ihres Mitteilungsbedürfnisses? Auf der anderen Seite war das, was sie zu erzählen hatte, wirklich spannend. „Ich denke", sagte er, „dass es im Publikum auch heute den einen oder anderen geben wird, der sich darüber aufregt, dass das Konzert nicht pünktlich beginnt, weil er einfach über die Zusammenhänge nicht aufgeklärt ist."

„Genau so ist es." Die Frau nickte bestätigend mit dem Kopf. „Dieselben Menschen werden sich möglicherweise auch darüber aufhalten, dass der Klang eines solchen Instrumentes anders ist als bei einem modernen Konzertflügel. Aber man ist auf diese Weise

142

in der Lage, die Musik so zu hören, wie Schubert sie gehört hat. Sehen Sie: Die Bespannung der Saiten ist anders, damals lagen alle Saiten parallel, also nebeneinander, heute liegen die Saiten der tiefen Töne diagonal über den Saiten der Mittellagen. Aus diesem Grunde sind die tiefen Töne beim Hammerflügel auch viel präsenter und die tiefen Akkorde sehr klar. Langweile ich Sie wirklich nicht?"

„Überhaupt nicht", wiederholte sich Meinolf, „und das meine ich ernst."

„Ich fand es übrigens sehr schön, wie positiv Sie gestern über das „Lied für Orchester" gesprochen haben." Die Frau mit den aufgesprungenen Lippen wechselte das Thema. „Das Stück und der Komponist haben diese Beurteilung verdient."

„Kennen Sie den Komponisten?" fragte Meinolf.

„Ein Kollege von mir."

„Komponieren Sie auch?"

„Nein, aber er spielt Klarinette wie ich auch – er spielt natürlich als Solist und ich im Orchester – aber man kennt sich natürlich."

„Wo spielen Sie denn?" fragte Meinolf

„In Laurensberg", meinte Meinolf verstanden zu haben.

„Es ist übrigens nicht meine Art", fuhr die Frau unvermittelt fort und wurde ein wenig rot, „Menschen, die ich nicht kenne, einfach anzusprechen."

Sie wollte weitersprechen, aber Meinolf unterbrach sie. „Ist schon in Ordnung." Schnell verbesserte er sich. „Im Grunde müsste ich Ihnen dankbar sein, dass Sie mich angesprochen haben." Er schüttelte den Kopf. „Quatsch. Es war gut und richtig, dass Sie mich angesprochen haben." Eine Stalkerin schien ihm diese Frau nicht zu sein, vielleicht war sie einfach nur nervös, so, wie sie mit den Gedanken sprang. „Ich habe in dieser kurzen Zeit unglaublich viel gelernt", fügte er hinzu.

„Ich werde Ihnen eine Anekdote erzählen", sagte die Frau mit den aufgesprungenen Lippen nach einer kurzen Pause. „Chopin hatte zwei Hammerflügel, einen von Pleyel und einen von Érard. Wenn er gut drauf war, spielte er auf dem von Pleyel. Dann war er in der Lage, seine Musiksprache in allen Nuancen zum Klingen zu bringen. War er weniger gut drauf, nahm er den Flügel von Érard, der war nicht so hochkomplex. Können Sie sich das vorstellen? Einer der größten Klaviervirtuosen seiner Zeit fühlte sich bisweilen nicht in der Lage, ein bestimmtes Instrument zu spielen?"

„Nein." Meinolf fand es erstaunlich, wie seine Gesprächspartnerin mit seinem Faux-Pas umgegangen war. „Sie scheinen mir aber nicht nur Klarinette zu spielen", meinte er, „was Sie so alles über den Hammerflügel wissen."

„Im Grunde sind das für einen Profi alles Basics", sagte die Frau, „und das Klavier ist ja für viele Musiker das zweite Instrument. Ich heiße übrigens Dörte."

„Ach so, ja." Meinolf stutzte. „Meinolf. Meinolf heiße ich."

„Ich spiele noch die Bassklarinette", fuhr die Frau fort. „Einen aus der Gruppe der Klarinettisten trifft es eben. So wie die Piccoloflöte bei den Flötisten. Manchmal ist es angenehm. Zum Beispiel im Tristan. Da spielt die Bassklarinette das Leitmotiv des Königs Marke."

„Was verstehen Sie unter Tristan?"

„Na, Tristan und Isolde, die Oper von Wagner. Manchmal kann es stressig sein. Es gibt eine Sinfonie von Schostakowitsch, da hat man nur wenige Sekunden, um von der Klarinette auf die Bassklarinette zu wechseln. Aber im Grunde ist die Bassklarinette ein wunderbares Instrument. So ausdrucksstark. Denken Sie nur an die ganzen Filmmusiken: Wird es dramatisch oder tragisch, wird gerne die Bassklarinette eingesetzt. Oder die Celli. Aber ich erzähle und erzähle und Sie wollen sich auf diesen Schubert-Abend einstellen." Die Frau warf einen Blick in den Saal. „Es müsste gleich losgehen. Setzen wir uns?"

„Gern", sagte Meinolf und schloss sich der Frau an, die auf eine der Türen, die zum Konzertsaal führten, zusteuerte.

„Hinten und links, nehme ich an?" fragte die Frau, die Dörte hieß.

„Ja genau." Langsam wurde Meinolf diese Frau unheimlich.

„Kennen Sie die G-Dur-Sonate von Schubert?"

„Ich müsste sie eigentlich kennen", sagte Meinolf, „aber es ist lange her.

„Sie am Rand, ich rechts von Ihnen?" Die Frau mit den aufgesprungenen Lippen blieb vor einer der hinteren Stuhlreihen stehen. „Ist es Ihnen überhaupt recht, wenn ich mich zu Ihnen setze?"

„Alles Bestens." Meinolf versuchte, die Motivlage der Frau zu ergründen, aber vielleicht gehörte ein solches Verhalten bei manchen Künstlern einfach dazu. Während er sich setzte, erzählte die Frau weiter.

„Der erste Satz der G-Dur-Sonate heißt Fantasie. Die Bezeichnung stammt natürlich nicht von Schubert, sondern von seinem Verleger. Bei Schubert heißt es einfach: Molto moderato, molto cantabile." Die Frau mit den aufgesprungenen Lippen, die Dörte hieß, summte eine Melodie. „Erinnern Sie sich?"

„Ja", sagte Meinolf gedehnt. „Ich erinnere mich. Ich habe die Sonate schon einmal gehört. Ich muss natürlich sagen, dass ich sie als musikalischer Laie gehört habe und über keinerlei Detailkenntnisse verfüge." Er stand auf, um einige Konzertbesucher durchzulassen.

„Nur so viel", sagte die Frau mit den aufgesprungenen Lippen und stand gleichfalls auf, „achten Sie bei den lauten Stellen einmal darauf, wie sie auf dem Hammerflügel klingen. Schubert hat einige Passagen mit Forte-Fortissimo gekennzeichnet, im Notentext stehen also drei F. Das bedeutet äußerst laut. Aber es hört sich auf dem Hammerflügel ganz anders an als auf einem heutigen Flügel, niemals erschlägt einen die Lautstärke."

„Danke." Meinolfs Sitznachbarin zur rechten vom gestrigen Abend schlängelte sich vorbei. „Unsere Nachbarn von gestern sind heute Abend nicht da, wie schön." Ihre roten Haare leuchteten über der Lesebrille. Meinolf nickte. „Szenen einer Ehe am gestrigen Abend", erläuterte er der Frau mit den aufgesprungenen Lippen. „Eine Frau und ein Mann im Dissenz über die dargebotene Musik." Er setzte sich. „Und nicht nur darüber."

„Wie schade." Die Frau verzog ihre aufgesprungenen Lippen. Beifall brandete auf. Der Pianist betrat die Bühne.

VI

Meinolf trocknete seine Hände unter dem elektrischen Händetrockner. Die Frau mit den aufgesprungenen Lippen schien ihm nicht mehr so hoch zu drehen wie vor dem Konzert. Ein wenig ärgerte er sich schon über sich, dass er sich dieser Frau gegenüber in ähnlicher Weise wie am Vorabend geöffnet hatte. Als sie ihn gefragt hatte, wie ihm der erste Teil des Konzertes mit der G-Dur-Sonate gefallen hätte, war ihm spontan entfahren: „Manchmal macht mir die Musik Schuberts richtig Angst. Im ersten Satz, der Fantasie, war eine solche Stelle. Da kamen Akkorde in äußerster Lautstärke – Sie haben es mit Forte-Fortissimo bezeichnet – und danach erklang für einige wenige Momente eine Musik, die so abgründig traurig war, dass ich es kaum ertragen konnte."

Die Frau hatte ihn gemustert und nach einiger Zeit gesagt: „Ich kann Ihnen helfen, das auszuhalten. Denken Sie an das Lied von der Loreley. Es ist ein Volkslied. Sie werden es kennen: Ich weiß nicht, was soll das bedeuten."
Als Meinolf genickt hatte, war sie fortgefahren: „Wir singen dieses Lied mit der schönen Melodie – sie ist nicht von Schubert – und wissen doch genau, dass dieses Mädchen sich gleich in den Tod stürzen wird. Im Grunde ist es schizophren. Vielleicht wollen wir das aber gar nicht wahrhaben. Ähnlich ist es bei Schubert. Er hat um die tausend Lieder komponiert. Und auch in seinen anderen Musikstücken singt er ein Lied, er singt vom Lieben und vom Sterben, von Dingen, die zum

normalen Menschsein gehören. Das finde ich sehr tröstlich."

Meinolf hielt seine Hände noch einmal unter den warmen Luftstrom des Handtrockners und rieb sie aneinander, obwohl sie bereits völlig trocken waren. „Wenn Sie gleich die große B-Dur-Sonate hören – Sie bleiben doch noch hier? – achten Sie auf den letzten Satz: Mir kommt es so vor, als erklänge zunächst eine Drehorgel auf einem Jahrmarkt. Eine scheinbar banale Musik wie oft in den letzten Sätzen von Schuberts Klaviersonaten. So haben es auch seine Kritiker gesehen. Aber im Grunde ist es nur eine sparsame Umformung des betörend schönen Themas des ersten Satzes. Doch dann, im Verlaufe des vierten Satz, nimmt uns Schubert mit in ein schrofiges Gebirge und lässt uns in Abgründe und Gletscherspalten blicken, dass uns schwindlig und bange werden kann. Und auf einmal, als wäre nichts gewesen, ist der Spuk vorbei und das Drehorgelthema erklingt wieder und endet zuletzt im Presto." Die Frau hatte ihn angesehen und gesagt: „Achten Sie darauf. Alles gehört zusammen, Liebe und Schmerz, Leben und Sterben." Meinolf rieb seine Hände noch einmal aneinander. Eine merkwürdige Frau.

Meinolf ging ins Foyer zurück. Die Frau namens Dörte löste sich aus einer Gruppe von Menschen und kam auf Meinolf zu. Ob es dieselben Menschen waren wie am Vorabend, hätte er nicht sagen können, er hatte nicht darauf geachtet. „Wie schön, dass Sie noch bleiben wollen", sagte sie.
„Nachdem Sie mir das alles so gut erklärt haben", antwortete Meinolf, „besser gesagt, mir die Ohren geöffnet haben, wäre es unhöflich gewesen, zu gehen."

„Ascolta, Hören Sie! hat Claudio Abbado seinen Musikern immer zugerufen, wenn er probte. Ein großer Dirigent, ich habe ein Mal unter ihm spielen dürfen."

„Auch die Bassklarinette?"

„Ja, auch die Bassklarinette." Die Frau verzog ihre aufgesprungenen Lippen in die Breite, dann lachte sie.

Warum war diese Frau vor dem Konzert so aufgedreht gewesen? Meinolf konnte sich keinen Reim darauf machen. Vielleicht hatte sie lange nicht mehr mit anderen Menschen über solche Inhalte sprechen können. „Kollegen von Ihnen?" fragte Meinolf und zeigte mit dem Kopf auf die Menschengruppe, aus der sich die Frau gerade gelöst hatte.

„Ja richtig, Kollegen", bestätigte die Frau. „Sie kennen das ja. Small-Talk unter Kollegen. Manchmal vergisst man vor lauter Details, was für einen wunderbaren Job wir haben. Wir sind in der Lage, eine Sprache zu sprechen, die ohne den Umweg über das Gehirn direkt ins Herz gelangt."

Es klingelte. „Ein schönes Wort vor der B-Dur-Sonate." Meinolf deutete mit der Hand auf eine der weitgeöffneten Türen. „Sollen wir?"

VII

Sie verließen das Foyer des Konzerthauses und gingen zu dem Rondell, welches dem Gebäude vorgelagert war. „Eines habe ich nicht verstanden", sagte Meinolf. „Der Pianist hat sämtliche Zugaben nicht angesagt. Die dritte Zugabe kannte ich, die beiden anderen habe ich wohl schon einmal gehört. Haben Sie eine Ahnung, was genau er gespielt hat?"

„Wie kamen Sie mit der B-Dur-Sonate zurecht?" fragte die Frau mit den aufgesprungenen Lippen zurück.

Meinolf stutzte. Im Grunde hatte die Frau Recht. Diese Sonate hatte ja in der zweiten Hälfte des Konzertes im Focus gestanden. „Sie ging unter die Haut", sagte er und fragte sich, warum er in dieser Weise geantwortet hatte. Nein, das war kein Small-Talk, den er mit dieser Frau, eigentlich einer gänzlich unbekannten Person, führte. Diese Frau nötigte ihn geradezu, die Ebene des Üblichen, des Oberflächlichen, zu verlassen und viel tiefer einzutauchen, auf eine Ebene, die eigentlich nur miteinander vertrauten Menschen vorbehalten war.

„Ich werde Ihnen die Zugaben der Reihe nach angeben", sagte die Frau übergangslos. „Die erste Zugabe war ein Satz aus einer anderen Sonate von Schubert, das „Con moto" aus der D-Dur-Sonate. Sie ist auch als Gasteiner Sonate bekannt. Haben Sie den Swing bemerkt, den unglaublich modernen Rhythmus, als wäre er frisch aus Südamerika importiert worden?"

„Ich fand es abwechslungsreich", antwortete Meinolf. „Nach der B-Dur-Sonate war es aber auch neutraler, wenn ich das so sagen darf, vielleicht könnte man auch sagen, nicht so existentiell."

„Die zweite Zugabe war ein Stück aus den „Moments Musicaux". Haben Sie bemerkt, dass die Rhythmik die der ersten Zugabe aufgriff, nur einfacher, nicht so kompliziert?"

„Nein." Meinolf schüttelte den Kopf. „So präzise kann ich im musikalischen Sinne nicht analysieren, aber jetzt, da Sie es sagen, kann ich es möglicherweise erahnen."

„Die letzte Zugabe war nicht von Schubert", sagte die Frau mit den aufgesprungenen Lippen. „Sie werden es gehört haben. Es war der Mittelsatz aus der C-Dur-Sonate von Mozart, der kleinen „Sonata facile". Sie ist, wie übrigens Schuberts B-Dur-Sonate auch, die ein Freund Schuberts nach seinem Tod unter seinem Bett fand, erst posthum erschienen. So ergeht es manchen Meisterwerken."

„Ja", sagte Meinolf, „das Stück war mit bekannt." Natürlich kannte er die Sonate. Das Thema des ersten Satzes war ja musikalischer Bestandteil vieler Telefonanlagen, aber verdammt noch mal, warum hatte der Pianist den zweiten Satz so gespielt? Meinolf hatte denselben Schmerz gespürt wie damals, als Janine ausgezogen war. Was hieß ausgezogen? Einfach weg war sie gewesen. Meinolf drehte sich um. Es war kein Licht mehr im Foyer und von einer Gastronomie hatte er auch nichts mehr gesehen. Es wäre schön, jetzt noch einen Kaffee zu trinken, sich sachte zu verabschieden, natürlich auf einer neutralen Ebene, einen feinen Schnitt machen hieß das, und dann den Heimweg anzutreten. Andererseits musste er zugeben, dass er sich so intensiv schon lange nicht mehr unterhalten hatte.

„Es war gekonnt, wie der Pianist nach der dritten Zugabe den Deckel über der Tastatur zuklappte, um anzuzeigen, dass jetzt endgültig Schluss wäre", sagte er. Er fühlte sich etwas müde. Das war wohl dem Konzert als auch der Unterhaltung geschuldet.

„Der Pianist kann nicht nur gut spielen, er weiß es auch gut herüberzubringen", sagte die Frau, „was sage ich, er hat unglaublich gut gespielt. Aber warum sehen Sie sich schon wieder um? Haben Sie etwas vergessen?"

„Vielleicht eine Marotte von mir", sagte Meinolf. „Mein Heimweg nach Damnatz beträgt keine zwanzig Kilometer, aber ich wollte gucken, ob hier noch ein Kaffee aufzutreiben wäre. Gestern allerdings ist mit eine Peinlichkeit passiert." Er erzählte die Geschichte, die ihm nach der Pause mit der Frau vom Catering geschehen war.

Die Frau lachte, dann machte sie eine Pause. „Auf die Gefahr hin, dass ich jetzt in ein ganz großes Fettnäpfchen trete", redete sie weiter, „ich habe eine kleine Ferienwohnung mit einer sogenannten Junggesellenküche. Wenn Sie wollen, kann ich Ihnen einen Kaffee machen und danach fahren Sie erfrischt nach Damnatz."

„Auf keinen Fall", entfuhr es Meinolf. Es klang eine Spur schärfer als beabsichtigt. Kathrins Besuch war ihm durch den Kopf geschossen. „Ich habe gerade eine ganz üble Geschichte erlebt. Die sitzt mir noch in den Knochen."

„Ich habe nicht überlegt", sagte die Frau mit den aufgesprungenen Lippen. „Ich muss mich entschuldigen. Ich habe Sie angesprochen, ich war distanzlos, ich habe mir Übergriffe herausgenommen." Sie sprach langsamer als sonst. „So etwas tut man nicht. Das gehört sich nicht. Sie werden fragen, warum ich Sie angesprochen habe. Ich habe Sie gestern Abend im Foyer gesehen, vor dem Konzert. Sie sahen so aus, als gehörten Sie gar nicht zum Publikum – wie in einem falschen Film, so ambivalent, so verletzlich – aber auf der anderen Seite auch ungemein sympathisch. Ich habe mich gefragt, ob Sie Tiefgang hätten – natürlich haben Sie den. Ich habe Ihre blau markierte Abonnements-Karte gesehen." Sie sah Meinolf in die Augen. „Ich bin heute Abend in das Konzert gegangen, um Sie anzusprechen. Ich wollte Sie kennenlernen. So etwas habe ich noch nie getan. Ich verstehe es selbst nicht. Ich war so aufgeregt, Sie können sich das gar nicht vorstellen. Ich habe geplappert und Sie zugetextet, aber ich habe gemerkt, dass Sie eine Liebe zur Musik haben. Sicher, einiges ist verschüttet und Sie dürfen auch nicht nur auf die düsteren Seiten achten. Was Sie von mir halten, habe ich ja an Ihrer Reaktion gemerkt. Aber das sollten Sie noch wissen." Tränen traten ihr in die Augen, die aufgesprungene Unterlippe zitterte, aber die Frau sprach klar und deutlich: „Wenn Sie denken, ich hätte Sie in meine Ferienwohnung lotsen wollen, um Sie dann ins Bett zu zerren, dann liegen Sie ganz falsch. Es ginge gar nicht. Ich habe vor einiger Zeit ein Antibiotikum bekommen und als Folge einen generalisierten Schleimhautschaden. Ich war im Krankenhaus. Ich hätte Aussicht auf Heilung, haben die Ärzte gesagt. Mittlerweile kann ich wieder Klarinette spielen, die Bassklarinette noch nicht, aber abgeheilt sind die Schleimhäute noch nicht." Sie wies auf ihre Lippen. „Bitte entschuldigen Sie den Fehler, Sie angesprochen zu haben." Sie presste die Lippen aneinander und drehte sich um.

„Aber so warten Sie doch", wollte Meinolf sagen oder rufen, aber es war mehr ein Krächzen, das aus ihm herauskam, während die Frau mit den aufgesprungenen

Lippen in der Dunkelheit des Parkplatzes, welcher neben dem Rondell gelegen war, verschwand.

Die Wanderdüne

I

Meinolf nahm das hartgekochte Ei aus der Plastikschachtel, schlug es vorsichtig gegen die Bank, auf der er saß und pellte die Schale auf das Blatt der Haushaltsrolle, in der das Ei eingewickelt gewesen war. Er rollte das Blatt mit den Eierschalen zusammen und legte es in die Plastikschachtel zurück, in der sich noch zwei restliche Käsebrote befanden. Zwei von diesen Broten aus Vollkornmehl hatte er schon an der Fähre verzehrt, die von Pevestorf nach Lenzen führte. Er biss die Kappe des Eis ab und hielt es in der einen Hand, während er sich mit der anderen Hand einige Sandkörner von seinem Fahrradtrikot abstreifte. Der Sturz gerade war völlig überflüssig gewesen, er war nicht aufmerksam gewesen. Es war nicht gut, mit einem Kopf voller Gedanken über eine sandige Buckelpiste zu fahren.

Meinolf biss erneut in sein Ei. Der Weg hatte ihn von Damnatz über Gorleben nach Gartow geführt. Von Gartow aus hatte er über die Eichenallee das Elbholz durchquert und war über den Weg am Deich zur Fähre gelangt. Das war allemal bequemer, als bei der Streckenvariante über den Höhbeck das Fahrrad zu schieben. Außerdem hatte er keine Lust verspürt, an das Unwetter, in welches er auf dem Höhbeck gekommen war, erinnert zu werden. Meinolf schluckte und steckte sich das letzte Drittel des Eis in den Mund. Es war an der Zeit, den alten Bauern aus dem Kopf zu bekommen. Auf der Eichenallee fahrend, war er wieder an diesen erinnert worden. Gleich am Anfang, kurz hinter dem großen Wanderparkplatz, hatten sich Hinweisschilder auf einen Ruheforst befunden und automatisch hatten seine Gedanken um den alten Bauern gekreist, wo denn dieser wohl begraben worden war. War es eine anonyme Bestattung gewesen oder gab es einen Grabstein?

Meinolf schraubte die Thermoskanne auf und goss sich Tee ein. Mineralwasser hatte er zwar noch reichlich, aber das wollte er schonen, weil er sich noch nicht sicher war, welchen Weg zurück er nehmen würde. Wenn man den Tee am Abend zuvor bereitete, konnte man ihn am nächsten Tag relativ schnell trinken und brauchte nicht darauf zu warten, bis er abgekühlt war. Nur wehe, wenn man die Zitrone vergaß. Dann war der Tee am nächsten Tag bitter und nahezu ungenießbar. Meinolf trank einen Schluck Tee, dann stellte er den Becher neben sich ab, streckte die Beine aus und lehnte sich an. Von der Bank, auf der er saß, hatte er einen guten Blick auf die Wanderdüne, und, wenn er den Kopf ein wenig drehte, auf den Auwald, der die Löcknitz begleitete. Dieses wunderschöne Panorama, gerade jetzt im Sonnenlicht, diese Ruhe, der Wanderparkplatz, neben dem die Bank gelegen war, völlig leer, kein Mensch zu sehen, nur weit im Hintergrund ein Rasenmäher, all das tat gut. An den Vortagen hatte es geregnet und da war der Radius für körperliche Aktivitäten doch stärker eingeschränkt gewesen als gewollt.

Nach der Fährfahrt war er nach Mödlich gekommen, hatte aber dort den Elbe-Radweg verlassen und war kreuz und quer durchs Grünland, das Naturschutzgebiet

Lenzerwische, gefahren, bis er am Orteingang von Polz ein Schild mit dem Hinweis „Wanderdüne, Schmölener Brack" entdeckt hatte. Dieser Weg hatte sich als Buckelpiste erwiesen, von Polz bis zu der Bank, auf der er jetzt saß, geschätzte vier Kilometer lang. Er hatte über diese Wegstrecke hinweg sicherlich mehr als einen Kilometer in Etappen schieben müssen. Warum nur war er zu früh wieder aufs Rad aufgestiegen? Der Vorderreifen war in tiefen Sand gekommen, oberflächlich zwar trocken, aber in der Tiefe noch feucht und blockierend, und schon hatte er neben dem Fahrrad gelegen. Glücklicherweise schien nichts gebrochen, eine kleine Schürfwunde am Knie und an der Hand, mit der er auf dem Boden aufgekommen war. Meinolf trank den Becher leer und goss sich nach. Er hätte den Weg, den er gekommen war, gar nicht nehmen müssen, parallel zu diesem verlief ein Dammweg auf der anderen Seite der Löcknitz, der war geschottert und relativ gut zu fahren. Als er vor einigen Tagen nach dem Schubert-Abend nach Hause gefahren war, war es zu einer gefährlichen Situation gekommen: Kurz vor Damnatz war vor ihm auf der Straße ein unbeleuchteter Fahrradfahrer aufgetaucht, den er glücklicherweise noch rechtzeitig bemerkt hatte. Breitbeinig radelnd, die ganze Breite der Straße durchmessend, war da ein wohl älterer Mann mit einer Prinz-Heinrich-Mütze unterwegs, von der Silhouette dem gestorbenen alten Bauern sehr ähnlich. Aber wahrscheinlich entsprachen ein solches Outfit und die Art, sich fortzubewegen, einfach nur dem Lokalkolorit.

Meinolf stand auf und öffnete seinen Lenkerrucksack, nahm Zigaretten und Feuerzeug heraus und steckte sich eine Zigarette an. Glücklicherweise war in dem Lenkerrucksack nichts zerbrochen. Die Ordnung in diesem hatte er unmittelbar nach dem Sturz wieder hergestellt. Es war einfach nur dumm, während der Fahrt über eine sandige Buckelpiste ständig an einen alten Bauern zu denken. Meinolf inhalierte tief, blies den Rauch aus und nahm einen zweiten tiefen Zug. Er hielt die Zigarette ein wenig von sich weg, am gestrigen Tag, als er eine kurze Tour gemacht hatte, hatte sich etwas Glut von der Zigarettenspitze gelöst und ein Brandloch auf seinem Fahrradtrikot verursacht. Vielleicht war es auch ganz gut gewesen, dass dieser Radfahrer auf der Rückfahrt vom Schubert-Abend aufgetaucht war, das hatte die Gedanken doch ein wenig abgelenkt. Es war kein schönes Bild gewesen, wie diese merkwürdige Frau mit den aufgesprungenen Lippen, die Dörte hieß und mit Sicherheit die Bassklarinette kompetent, aber auch con anima spielen konnte, auf dem Rondell vor dem Konzerthaus mit Tränen in den Augen vor ihm gestanden hatte, und er, der Vollidiot, noch nicht einmal mit einem sanften Wort die Situation hatte bereinigen können. O.K., diese Frau hatte sich ungewöhnlich verhalten, sie hatte Recht, so etwas *tat man nicht*, aber er, Meinolf, hätte sich auch nicht so brüsk und harsch verhalten müssen. Er drückte die Kippe der fertig gerauchten Zigarette auf dem Boden aus, erhob sich, ging ein paar Schritte und warf die Kippe in den Papierkorb, der sich in der Nähe der Bank befand. Als diese Frau mit den aufgesprungenen Lippen ihm das Angebot gemacht hatte, ihm einen Kaffee zu kochen und er spontan und viel zu schnell geantwortet hatte, da hatte diese Frau gar nicht vor ihm gestanden, da hatte Kathrin vor ihm gestanden. So musste es wohl gewesen sein. Meinolf ging zur Bank zurück und setzte sich.

Über dem Auwald, der die Löcknitz begleitete, erschien ein Greifvogel. Meinolf holte aus der Rücktasche seines Fahrradtrikots das Fernglas heraus, welches er, zum Bestand der Ferienwohnung gehörend, erstmals mitgenommen hatte. Er versuchte, den Greif scharf zu stellen, was ihm schließlich auch gelang; aber es war schwierig, dem Flug zu folgen, denn der Vogel streifte Waldrand und Gebüsche ab, mal verschwand er hinter einer Baumreihe, dann hinter einem Schilfgürtel, mal wechselte er die Richtung. Sehen lernen, auf Clues, also Schlüssel achten, hieß es in dem Vogelbuch von diesem Ornithologen mit dem Doppelnamen. Aber wie sollte man sehen lernen, wenn man gar nicht wusste, auf was man zu achten hatte? Ascolta, Hören Sie! hatte Claudio Abbado seinen Musikern zugerufen, wenn er probte. So hatte es die Frau mit den aufgesprungenen Lippen erzählt. Aber die Musiker waren doch alle Profis, die wussten, worauf sie zu achten hatten! Molto moderato, molto cantabile. Als diese Frau ihm die Tempobezeichnung von Schuberts G-Dur-Sonate erklärt hatte, hatte das wie Musik geklungen, wie ein Gesang, wie ein Lied: *Molto moderato, molto cantabile.*

Meinolf nahm das Vogelbuch, welches er mitgenommen hatte, aus der Packtasche und schlug das Kapitel der Greifvögel auf. Der Vogel hatte völlig braun ausgesehen und sich elegant bewegt. Er blätterte. Eine Weihe könnte in Frage kommen. Die Weibchen der Rohrweihe waren ganz braun. Er las die Darstellung. „Brauner Vogel mit rahmgelben Kopf, ... fliegt mit leicht nach oben gerichteten Flügeln ... flach über Gebüsch beziehungsweise Schilf. Er nahm das Glas. Es war richtig: Dieser Vogel hatte in der Tat einen gelben Kopf. Das hatte Meinolf vorhin nicht gesehen. Die Flügelstellung schien auch zuzutreffen, also Rohrweihe, Weibchen. Es ging doch besser als erwartet, wenngleich es auch zu einer Vogelexkursion an der Tauben Elbe noch nicht reichen würde. Außerdem lenkte es ab.

Meinolf schüttelte die Thermoskanne. Ein Rest Tee musste noch darin sein, er goss ihn in den Becher. Er hätte eher darauf kommen müssen, den Tee schon am Abend zu bereiten, das ersparte beim Trinken Zeit und manchmal auch einen wunden Gaumen. Nein, souverän hatte er sich dieser Frau gegenüber wirklich nicht verhalten. Er trank den Becher in einem Zug aus. Nein, es war wirklich kein schönes Bild gewesen, als diese Frau mit den aufgesprungenen Lippen mit Tränen in den Augen vor ihm gestanden hatte. Ein Trompeten in der Luft schreckte ihn auf. Er blickte nach oben, dann nahm er das Fernglas vor die Augen. Ein Trupp großer Vögel überflog die Wanderdüne, majestätisch mit nach vorn gereckten Hälsen. Meinolf sah den Kranichen nach, bis sie hinter dem Damm der Löcknitz verschwunden waren. Er war froh, dass die Kraniche erschienen waren. Es wäre schön, gedanklich mal ein Großreinemachen veranstalten zu können. Aber so einfach schien das nicht zu gehen. Meinolf stand auf und verstaute Thermoskanne, Plastikschachtel und Vogelbuch in der Packtasche. Zwei Vollkorn-Käsebrote hatte er noch, dazu reichlich Mineralwasser, genug, um über Dömitz bis zur nächsten Elbfähre zu fahren, die von Herrenhof nach Hitzacker querte. Den Ortskern von Hitzacker würde er auf der Promenade umfahren. Das erschien ihm sicherer. Es war nicht nötig, in Hitzacker irgendjemanden zu treffen. Er steckte das Fernglas in sein Fahrradtrikot, und überprüfte, bevor er losfuhr, noch einmal gewohnheitsmäßig den Inhalt seines Lenkerrucksacks.

II

„Peng" machte es und das Vorderrad fing an zu rumpeln. Meinolf bremste ab und stieg vom Rad. Das Geräusch kannte er: Ein Platten, diesmal am Vorderrad. Wie konnte er auch so dumm sein, geradewegs in die Glasscherben, die hier auf dem Weg lagen, hineinzufahren? Andererseits waren die Glasscherben auch schlecht zu sehen gewesen, eigentlich hatte er sie erst gesehen, als es zu spät gewesen war. Wie konnte er so dumm sein, ohne Flickzeug loszufahren? Ein Vorderrad hätte er zur Not ausbauen und reparieren können. Ob er wollte oder nicht, er würde schieben müssen, mit einem kaputten Vorderrad konnte man nun einmal nicht ohne Risiko weiterfahren. Ein Sturz an diesem Tag reichte.

Meinolf schob sein Rad nach Dömitz hinein, eigentlich eine Festungsstadt, aber bis auf den historischen Ortskern und die Festung im Grunde ein langgezogenes Straßendorf entlang der Bundesstraße. Der Weg zog sich. Meinolf passierte die Tankstelle, viel später einen Einkaufsmarkt, dann zur linken Hand die Ernst-Reuter-Schule. Als er den alten Bahnhof zur rechten Hand erreicht hatte, hielt er an. Ihm gegenüber war auf einer Hauswand eine uralte Aufschrift zu sehen: „Weine und Conserven von ...ager". Jemand, der gerne fotografierte, hätte diese Aufschrift sicherlich gern als Motiv genommen, genauso wie das Schild „Verschmutzte Fahrbahn", das er – total mit Algen überwuchert – in den Dambecker Wiesen vorgefunden hatte, aber das Fotografieren wollte sich Meinolf nicht auch noch antun. Der Bahnhof von Dömitz hatte früher einmal an der Eisenbahnlinie gelegen, welche über die Elbe geführt hatte, genau über die alte Eisenbahnbrücke, die vom anderen Elbufer aus so pittoresk aussah und deren Anblick er so liebte.

Eine Frau mit einem Kinderwagen kam Meinolf entgegen. „Entschuldigen Sie bitte", sprach Meinolf diese an, „können Sie mir weiterhelfen? Ich suche einen Fahrradladen. Mein Fahrrad hat einen Platten. Ich bin in Glasscherben gefahren."

„Moment, kleine Unterbrechung." Die junge Frau, fast noch ein Mädchen, nahm ihr Handy vom Ohr. „Einen Fahrradladen, der auch repariert, suchen Sie?"

„Ja. Ich bin in Glasscherben gefahren", wiederholte Meinolf.

„Da hinten gibt es einen." Die junge Frau zeigte in die Richtung, in der Meinolf schob. „Über die Wasserstraße rüber und dann nach rechts. Hinter dem Discounter das zweite Haus."

„Danke", sagte Meinolf, aber die junge Frau hatte schon wieder ihr Handy am Ohr. „So, da bin ich wieder." Das Kind im Kinderwagen fing an zu schreien. Die junge Frau beugte sich über den Kinderwagen. „Die Kleine wird wieder hungrig sein. Gerade, das war ein Radfahrer, der in Glasscherben gefahren ist. Die Kerle könnten sich ja auch einmal mit Anstand besaufen. Du, ich melde mich später."

Meinolf schob weiter und überquerte einen kleinen Kanal. Das musste die Wasserstraße sein, von der die junge Frau gesprochen hatte. Das einstöckige Gebäude des Discounters dahinter war unverkennbar, desgleichen der große Parkplatz davor. Meinolf schob sein Rad bis zur Kreuzung und bog dann nach rechts ab. In der Tat fand er hinter dem Discounter ein Haus, vor dem ein Schild stand: „Sallys Fahrradladen". Am

Haus war ein weiteres Schild angebracht: „Bitte Klingeln und Warten." Aber da war kein Ladenlokal oder etwas ähnliches zu sehen, das an eine Fahrrad-Werkstätte erinnerte. Meinolf drückte auf den Klingelknopf und wartete. Nach einiger Zeit ertönte eine Männerstimme: „Einfach um die Ecke und dann rinn in den Garten." Meinolf versuchte, sich zu orientieren. Um welche Ecke sollte er jetzt sein Fahrrad schieben?

„Wohin denn?" rief er, „nach rechts oder links?"

„Na, hier um die Ecke." Ein mittelalter Mann zeigte sein breites Gesicht über einer Hecke und verschwand dann wieder. „Sally, Kundschaft", hörte Meinolf ihn rufen.

„Ach so." Meinolf schob sein Fahrrad um die Hecke herum. Ein kleiner Hof erwartete ihn. In diesem saß auf Holzbänken eine kleine Gesellschaft an einem Tisch, der zum Kaffeetrinken gedeckt war: In der Mitte des Tisches stand eine schon zur Hälfte verzehrte Torte, daneben eine Kanne. Teller, Tassen und Gläser waren auf dem Tisch zu sehen. Drei Erwachsene und drei Kinder saßen am Tisch, auf der einen Seite neben dem breitschultrigen Mann mit dem breiten Gesicht, der sich wieder gesetzt hatte, eine mittelalte Frau mit blond gefärbten Haaren, daneben eine junge Frau in einem Blaumann. Auf der anderen Seite saßen drei Mädchen. Vor einem der Mädchen stand eine ausgeblasene oder erloschene Kerze.

„Upps", entfuhr es Meinolf, „da bin ich wohl in einen Kindergeburtstag hineingeraten. Das ist mir aber unangenehm.

„Kein Problem." Die junge Frau im Blaumann stand auf. „Wo drückt denn der Schuh?"

164

„Das Vorderrad", sagte Meinolf, „ein Platten. Ich bin in Glasscherben hineingefahren."

„Wenn es weiter nichts ist", sagte die junge Frau im Blaumann, „das haben wir schnell geregelt." Sie nahm das Fahrrad und schob es zu einem Schuppen, der sich an den Hof anschloss. Sie hob das Fahrrad und hängte es in eine Konstruktion von Stricken ein, die von der Decke herabhingen. Die Frau löste das Vorderrad aus der Gabel, inspizierte es und entfernte Schlauch und Mantel. „Beides kaputt, muss ich ersetzen. Und eine kräftige Acht haben Sie im Reifen, die muss ich herausziehen. Sagen wir mal eine Viertelstunde. Setzen Sie sich solange auf meinen Platz." Sie zeigte auf die Bank neben dem Tisch für die Geburtstagsgesellschaft.

„Das ist mir aber unangenehm", wiederholte sich Meinolf.

„Nun kommen Sie schon", rief der breitschultrige Mann mit dem breiten Gesicht, „wir beißen nicht."

Meinolf ging zum Tisch und setzte sich vorsichtig auf den freien Platz.

„Ich habe heute Geburtstag", sagte das Mädchen, vor dem die Kerze stand.

„Wie alt wirst Du denn?" fragte Meinolf.

Das Mädchen zeigte nacheinander vier Finger ihrer rechten Hand.

„Also vier Jahre wirst Du alt." Meinolf stand auf und streckte seine Hand über den Tisch. „Dann herzlichen Glückwunsch zum Geburtstag", aber das Mädchen versteckte seine beiden Hände hinter dem Rücken. Meinolf zog seine Hand zurück.

„Du brauchst kein Händchen zu geben, wenn Du nicht willst. Aber bedanken für die Glückwünsche solltest Du Dich schon." Die Frau mit den blond gefärbten Haaren sprach das Mädchen an.

„Danke", sagte das Mädchen zu Meinolf und zeigte seine Hasenzähne. „Ich heiße Ragny. Und das sind Anna und Tina." Sie zeigte auf die beiden Mädchen, die rechts und links von ihr saßen.

Meinolf stellte sich gleichfalls vor. „Ich heiße Meinolf", sagte er.

„Den Kuchen müssen Sie unbedingt probieren." Der breitschultrige Mann lud ein Stück Kuchen auf einen Teller. „Schwarzwälder Kirsch, allererste Qualität. Hier ist noch eine Gabel." Er stellte Teller und Gabel vor Meinolf, der aber nur, „das ist mir etwas peinlich", herausbrachte.

„Wir machen einen Deal." Der Mann lachte jovial. „Zwee Euro für den Kuchen und einer für eine Tasse Kaffee. Und von dem Erlös gehen wir mit den Kinder zum Italiener und kaufen Eis."

„Au ja", riefen die Mädchen. „Aber erst Topfschlagen", rief das Mädchen, das Ragny hieß.

„Nur eine Kugel für jedes Kind, Papi", kam es aus dem Schuppen. „Die Kinder hatten schon Kuchen und Saft. Was für eine Decke wünscht Meinolf? Schwalbe Marathon oder ein preiswerteres Produkt?"

„Was ist eine Decke?" rief Meinolf in die Richtung des Schuppens.

„Der Mantel", kam es aus dem Schuppen, „das Graue, das außen am Reifen ist."

„Nehmen Sie, was am längsten hält", rief Meinolf.

„Dann nehme ich Schwalbe Marathon. Der kostet aber fünfundzwanzig achtzig."

„Ist O.K.", rief Meinolf, während die blond gefärbte Frau ihm eine Tasse Kaffee einschenkte. Das war wohl die Oma von Ragny. „Milch und Zucker?" fragte sie.

„Gern", antwortete Meinolf.

„Aber nun probieren Sie endlich von dem Schwarzwälder Kirsch", sagte der breitschultrige Mann.

Meinolf probierte von der Torte. „Sie sieht nicht nur gut aus, sie schmeckt auch sehr gut." Er sah die Oma an. „Beste Konditorqualität. Darf ich fragen, ob Sie die Torte selbst gemacht haben?"

Die Oma schüttelte den Kopf mit den blond gefärbten Haaren. Meinolf aß ein weiteres Stückchen von dem Schwarzwälder Kirsch. „Der Boden schmeckt anders als sonst, nicht so neutral, ich würde sagen, aromatischer. Wer hat denn diesen Kuchen gemacht?"

„Na ikke", rief der Mann und zeigte mit dem Zeigefinger auf seine Brust. „Schwarzwälder Kirsch vom Profi. Und im Boden ist nur wenig Mehl. Ich nehme fein geraspelte Hirse und Gries dazu, dann wird der Boden viel fluffiger."

„Kompliment", sagte Meinolf und aß ein weiteres Stückchen, dann trank er einen Schluck aus seiner Kaffeetasse, in die er vorher noch Milch und Zucker hinein gerührt hatte.

„Aber jetzt Topfschlagen!" Ragny rutschte von ihrer Bank und die beiden anderen Mädchen folgten ihr.

„Nur auf dem Gras." Die Oma stand auf. „Nicht hier auf den Steinen. Da gehen die Knie kaputt." Sie nahm einen Topf, einen Kochlöffel und ein Tuch vom Boden. Sie musste das Topfschlagen wohl schon vorbereitet haben.

„Ist doch schön, wenn die Kinder diese altmodischen Spiele noch mitmachen." Der Opa schenkte sich Kaffee nach. „Aber die Oma kann unglaublich begeistern. Da machen die Kinder gern mit."

„Die Oma spielt mit den Kindern und Ihre Tochter muss jetzt beim Kindergeburtstag an meinem Fahrrad herum schrauben." Meinolf rührte in seiner Tasse.

„Nee, machen Sie sich da mal keene Sorge." Der breitschultrige Mann nahm einen Schluck Kaffee. „Das ist eben das Geschäft – da muss man jeden Kunden mitnehmen. Mache ich übrigens auch, natürlich nicht hier; ich habe meinen Laden in Berlin: Ich mache die Torten, wenn die Leute Torte essen, also am Wochenende, wenn sonst keiner arbeiten will. Im Augenblick ist hier Konjunktur, im Winter tote Hose, und zum Leben reicht der Fahrradladen für Sallys Familie nicht." Er wurde ernst. „Ihr Mann muss auf Montage, in Hamburg und manchmal noch weiter. Montags um viere auf den Läufen, dann rinn in den Kleintransporter, vier Mann hoch, und freitags gegen zehne am Abend rückt er wieder hier ein. Arbeit gibt es hier nur wenig bis gar nicht."

Im Hintergrund erklangen Geräusche, die von einem Löffel kamen, mit dem auf einen Topf eingehauen wurde. „Tina hat den Topf gefunden", hörte Meinolf. Dann hörte er es flüstern. „Oma, wie heißt der Mann mit dem kaputten Fahrrad?"

„Meinolf heißt der Mann", flüsterte die Oma.

Das Mädchen mit dem Namen Ragny lief zu Meinolf und zog ihn am Arm. „Meinolf Topfschlagen", rief sie, „Meinolf Topfschlagen." Meinolf stand auf. Eigentlich war ihm diese Situation zu familiär, aber er wollte das Kind nicht enttäuschen und die Stimmung nicht kippen lassen.

„Wo soll ich denn hingehen?" fragte er.

Die Oma trat hinzu. „Was haben Sie denn am Knie?" fragte sie.

„Eine kleine Schürfwunde", sagte Meinolf, „ich bin an der Wanderdüne gestürzt."

„Oh", sagte die Oma.

„Ja, das Vorderrad hatte im Sand blockiert und da habe ich das getan, was man im Jargon absteigen nennt. Aber mehr ist nicht passiert."

„Wie Sie meinen", sagte die Oma mit Blick auf Meinolfs Hand.

„Ragny, Meinolf kann nicht Topfschlagen. Er kann nicht kriechen. Er hat aua Knie. Anna ist jetzt dran." Die Frau im Blaumann hatte das Gespräch wohl mitbekommen. Sie schob Meinolfs Fahrrad aus dem Schuppen und lehnte es an einer Wand an. Ragny ging zu ihren Freundinnen.

„Alles fertig. Das macht dann dreiundvierzig Euro. Für Teile wären es dreiunddreißig und für die Arbeit zehn."

„Ich müsste dann mal an meinen Lenkerrucksack", sagte Meinolf. Er öffnete den Lenkerrucksack, den er wie die Packtasche während der Reparatur am Fahrrad belassen hatte und nahm sein Portemonnaie heraus. Er sah hinein, er hatte den Betrag passend. Er nahm das Geld heraus. „So, dreiundvierzig für Sie. Und für den Kuchen und den Kaffee, also für die Kinder, drei." Er legte drei Euro neben das übrige Geld. „Ist das für Sie in Ordnung, ich meine, die Teile kosten ja schon einiges?"

„Danke." Die Frau in dem Blaumann nahm dreiundvierzig Euro an sich. Die restlichen Münzen schob sie zu ihrem Vater hin. „Fürs Eis." Zu Meinolf sagte sie. „Ist völlig in Ordnung. Zehn Euro sind der Arbeitslohn für eine Viertelstunde Arbeit. Ich kalkuliere eine Werkstattstunde mit vierzig Euro. Bei den Teilen bleiben auch noch ein paar Prozent. Ist schon in Ordnung." Sie blickte Meinolf an. „Machen Sie sich keine Sorgen. Wir kommen klar."

„Danke für den Kuchen, für den Kaffee und die prompte Reparatur." Meinolf steckte sein Portemonnaie in den Lenkerrucksack zurück und verschloss ihn. „Ich werde dann mal fahren."

„Gute Fahrt", sagte die junge Frau im Blaumann.

„Wo geht es denn hin?" fragte der breitschultrige Opa.

„Nach Damnatz", antwortete Meinolf, „an der Bundesstraße über die Elbe und dann noch wenige Kilometer auf dem Radweg. Tschüss und nochmals vielen Dank." Er nahm sein Fahrrad und wollte den kleinen Hof verlassen.

Ragny rannte zu Meinolf und drückte sich an ihn. „Tschüss Meinolf."

„Tschüss Ragny", sagte Meinolf. „Ich wünsche Dir noch eine schöne Geburtstagsfeier."

„Ragny, komm her. Meinolf fällt gleich mit dem Fahrrad um."

Die Frau mit dem Blaumann griff ein.

„Ja Mama." Ragny löste sich von Meinolf und ging zu ihrer Mutter.

„Ragny, ein schöner Name", sagte Meinolf.

„Das finde ich auch." Die Frau im Blaumann strich Ragny zärtlich über das rotblonde Haar, während Meinolf sein Fahrrad vom Hof schob.

III

Meinolf war geduscht und umgezogen, das Fahrrad im Schuppen verstaut, die Packtasche geleert, der Inhalt des Lenkerrucksacks auf die Fensterbank sortiert und das Handy im Ladegerät – auch auf der Fensterbank. Meinolf überlegte, wo das Fernglas hingehörte. Richtig, es hatte an der Garderobe gehangen. Er hängte das Glas an die Garderobe. Er öffnete die Plastikschachtel für den Proviant, nahm das Blatt von der Haushaltsrolle heraus, in dem sich die Eierschalen befanden und warf es in den Mülleimer unter der Spüle. Die zwei Käsebrote mit Vollkornbrot waren noch vorhanden, aber Meinolf verspürte nach der Schwarzwälder-Kirsch-Torte weder Hunger auf Käsebrote noch auf überbackenen Toast. Sollten die Brote bis zum nächsten Tag warten, im Kühlschrank waren sie gut aufgehoben. Er legte die Plastikschachtel in den Kühlschrank. Eigentlich hatte er sich ja vorgenommen, gesünder zu leben und auch einmal Salat oder ein paar Tomaten zu kaufen, aber dazu war es noch nicht gekommen. Der Mensch war eben ein Gewohnheitstier.

Meinolf ging zur Fensterbank, nahm aus dem Päckchen eine Zigarette und das Feuerzeug und trat vor die Tür der Ferienwohnung. An die Anordnung der Zimmer in der Orchidee hatte er sich inzwischen gewöhnt. Er steckte die Zigarette an – es war wohl seine fünfte an diesem Tag, damit konnte er leben – und setzte sich auf einen Gartenstuhl. Dann stand er auf, die Zigarette noch im Mund, ging in die Wohnung zurück und holte aus dem Kühlschrank eine Flasche Bier. Wieder auf dem Gartenstuhl sitzend, schraubte er die Flasche auf und trank, die Zigarette in der anderen Hand, einen großen Schluck und stellte die Flasche ab. Er schlenkerte ein wenig mit der Hand, die er sich bei dem Sturz nahe der Wanderdüne geschürft hatte. Es schien alles in Ordnung, nur eine oberflächliche Wunde und eine leichte Schwellung. „Keine Funktionseinbußen" hieß das wohl im Mediziner-Jargon.

Auf der Rückfahrt von Dömitz war nichts passiert, kein Sturz, keine Straßensperre, kein Glas oder ein Nagel auf dem Radweg. Es war schön, einfach so da zu sitzen und den Abend zu genießen und eigentlich war es auch ein schöner Tag gewesen. Meinolf nahm einen weiteren Schluck Bier, schickte noch ein Wölkchen Rauch in den Himmel und drückte dann die Zigarette in dem Aschenbecher aus, der auf dem Tisch vor ihm stand. Als er am Friedhof vorbeigekommen war, hatte er kurz überlegt, ob er dem Grab des Schriftstellers und dem Gedenkstein noch einen Besuch abstatten sollte, aber er war weitergefahren. Das hätte nun wirklich nicht zu dem Kindergeburtstag dieser kleinen Ragny gepasst, diesem kleinen Mädchen mit den Hasenzähnen und den rotblonden Haaren, das an diesem Tag vier Jahre alt geworden war und von seiner Mutter geliebt wurde. Diese kleine Ragny hatte es wirklich gut. Meinolf schraubte den Deckel der Bierflasche ab. Ein kleiner Rest war noch darin.

Tom Pütz

I

Es hatte geklingelt. Meinolf brauchte einige Zeit, um das zu realisieren. Der Klingelton war ihm fremd, besser gesagt, er hatte ihn noch nie gehört. Aber es war wirklich der Klingelton an der Wohnungstür, denn er wiederholte sich, jetzt unverkennbar. „Moment", rief Meinolf, so laut er konnte. Er schlug die Bettdecke hoch, schlüpfte in seine Hausschuhe und zog einen Bademantel über. Er ging die Treppe vom Schlafzimmer in die untere Etage herunter und öffnete die Wohnungstür. „Guten Morgen, Herr Schmitz", sagte Frau Beyer, und, als sie seine Bekleidung sah, „Entschuldigung, ich habe Sie doch hoffentlich nicht geweckt. Oh, wie unangenehm."
„Es muss Ihnen nicht unangenehm sein", antwortete Meinolf, es ist mir unangenehm, so vor Ihnen zu erscheinen. Wie spät ist es denn eigentlich?"
„Halb zehn", sagte Frau Beyer, „ich habe gedacht, Sie wären schon mit dem Frühstück fertig und rüsteten sich jetzt für eine Fahrradtour. Das Wetter ist noch recht stabil, aber gegen Abend soll es regnen. Aber noch einmal, bitte entschuldigen Sie. Der Schlaf unserer Gäste ist uns eigentlich heilig. Aber da ich keine Brötchen auf dem Haken neben der Tür gesehen habe, habe ich angenommen, Sie wären längst auf."

„War ich auch", sagte Meinolf. „Zunächst bin ich von einem Vogel geweckt worden, der einen ganz merkwürdigen Gesang hat. Ich habe mir aber eine CD mit Vogelstimmen gekauft. Diesen Vogel werde ich noch identifizieren, da bin ich mir ganz sicher. Ich bin also aufgestanden und die Treppe heruntergegangen. Ich habe, ganz frivol im Schlafanzug, vor der Tür eine Zigarette geraucht, die Brötchen vom Haken genommen und auf den Küchentisch gelegt. Dann bin ich wieder hochgegangen und habe beschlossen, noch ein paar Minütchen vor mich hin zu dösen. Wie Sie sehen, sind daraus einige halbe Stunden geworden."

„Ich habe etwas für Sie", unterbrach ihn Frau Beyer. Sie wirkte jetzt etwas aufgeregt. „Gestern Abend war doch die Lesung von Tom Pütz. Ich habe ein handsigniertes Exemplar des Romans für Sie ergattern können. Viele andere Besucher der Lesung mussten sich in Wartelisten eintragen, weil einfach nicht genügend Exemplare des Buches vorhanden waren und Tom Pütz mit dem Signieren sowieso nicht nachkam." Sie überreichte Meinolf ein Buch mit einem maisgelben Umschlag.

„Danke, Frau Beyer." Meinolf nahm das Buch entgegen. Ein wenig verlegen war er schon. „Das war wirklich nicht nötig."

„Vielleicht nehmen Sie sich die Zeit, ein wenig darin zu blättern. Ein wirklich gutes Buch."

Warum nicht? wollte Meinolf sagen, aber er verbiss es sich. Derartige Worte hätten Frau Beyer sicherlich gekränkt. Er schlug das Buch auf. „Für Meinolf von Tom Pütz" stand auf der ersten Seite. „Da haben Sie sich extra angestellt, um für mich ein handsigniertes Exemplar zu bekommen?"

„Ich hatte das Gefühl, dass Sie dieses Buch, wenn Sie es erst einmal in Ihren Händen hielten, gern lesen würden. Aber keine Sorge, ich habe auch für uns ein handsigniertes Exemplar mitgenommen und werde das

Buch, in dem ich schon gelesen habe, weiter verschenken. Ich habe nach der Lesung, als alle Besucher anstanden, um Exemplare signieren zu lassen, meinen Heimvorteil ausgespielt – ich kenne die Frau gut, die die Lesung organisiert hat. Die gesamte Auflage des Buchs von Tom Pütz ist übrigens schon vergriffen. Aber jetzt gehe ich, Sie müssen frühstücken und irgendwann erzähle ich Ihnen von der Lesung und von Tom Pütz, natürlich nur, wenn Sie wollen und Sie erzählen mir vom Festival."

„Danke nochmals, Frau Beyer", wollte Meinolf sagen, aber da war Frau Beyer schon auf dem Weg in ihr Haus zurück.

Nachdenklich legte Meinolf das Buch auf den Küchentisch, dann nahm er es noch einmal in die Hand und legte es auf die Fensterbank. Ein handsigniertes Buch von Tom Pütz mit Fettflecken von der Frühstücksbutter, das ging wirklich nicht. Frau Beyer meinte es wirklich gut mit ihm. Es schien ihm nicht so, als ob sie jedem der hier anwesenden Gäste ein solches Buch geschenkt hätte. Er ging die Treppe hoch, um sich umzuziehen, aber da fiel ihm ein, dass es besser wäre, erst das Badezimmer aufzusuchen. Er drehte sich um und ging die Treppe wieder herunter. Im Augenblick schmerzte das lädierte Knie ein wenig, aber das würde sich geben, wenn er einige Kilometer gefahren wäre. Um den Vogel, der ihm den Schlaf geraubt hatte, wollte er sich später kümmern, natürlich wollte er auch in dem Buch von Tom Pütz ein wenig blättern, schon allein, um Frau Beyer zu zeigen, dass er ihr Geschenk zu schätzen wüsste. Aber erst einmal galt es, das Wetter auszunutzen und ein wenig mit dem Fahrrad herumzufahren. Die Dambecker Wiesen, später die Strecke unterhalb des Jeetzel-Deiches, vielleicht eine kurze Rast an der Bank am Strachauer Rad – warum nicht? Um es nicht zu vergessen, nahm Meinolf das Fernglas von der Garderobe und legte es neben die Ladestation des Handys auf die Fensterbank. Oder doch für die Bank am Strachauer Rad, wenn sie denn frei wäre, statt des Fernglases das Buch von Tom Pütz? Meinolf entschied sich für das Fernglas. Ein Buch konnte man auch bei Regen lesen.

Meinolf versuchte, sich zu konzentrieren. Er war hungrig, aber jetzt galt es, die Logistik auf die Reihe zu bekommen: Im Backofen lagen zwei Toastscheiben, die er mit Tomatenscheiben, Salami, Schinken, Meerrettich und Käse zum Überbacken belegt hatte. Die brauchten noch etwa acht Minuten. Im Topf lagen zwei Eier, die er gerade hineingelegt hatte, eines davon sollte sechs, das andere zehn Minuten kochen. Den Kurzzeitwecker hatte er für das kürzeste Ei eingestellt. Das hieße, nach dem Abgießen des ersten Eis noch zwei Minuten für die Toastscheiben und weitere zwei Minuten für das zweite, das harte Ei. Meinolf überlegte, die Logistik schien ihm stimmig. Es war gut, dass er bei seiner Fahrt durch die Dannenberger Marsch an einem Bauernladen vorbeigekommen war. Dort hatte er Tomaten und Eier kaufen können. Er wollte anfangen, etwas gesünder zu leben. Eier waren nötig für das Frühstück und eine mögliche Fahrt am nächsten Tag und Tomaten stellten bekanntermaßen einen Vitaminspeicher dar. Er hatte sich daran gewöhnt, am Morgen ein kaltes, aber weichgekochtes Ei aus dem Kühlschrank zu nehmen und zum Frühstück zu essen und ein hartgekochtes Ei einzupacken, so konnten Vorbereitung von Frühstück und Fahrradtour am Abend davor synchron verlaufen.

Der Wecker schellte. Meinolf nahm das Ei für das Frühstück am nächsten Morgen heraus, schreckte es unter kaltem Wasser ab und markierte es mit einem Kugelschreiber, den er von der Fensterbank nahm, mit „K" wie kalt. Er stellte den Wecker auf weitere zwei Minuten. Das war für die Toastscheiben. Als der Wecker wieder klingelte, stellte er ihn auf weitere zwei Minuten, nahm mit dem Pfannenmesser die beiden Toastscheiben heraus und legte sie auf einen Teller. Der Käse war leicht verlaufen und zeigte eine erste Bräunung – genauso, wie er das liebte. Er begann zu essen, nachdem der Wecker zum letzten Mal geklingelt hatte und er das letzte Ei aus dem Topf herausgenommen, es abgeschreckt und mit „H" wie hart markiert hatte.

Toast mit Tomatenscheiben, das schien eine moderate Erweiterung eines relativ eingefahrenen kulinarischen Spektrums zu sein. Meinolf hatte die beiden Toastscheiben verzehrt, das Hungergefühl war vielleicht gemindert, aber letztlich doch geblieben. Er stand auf und nahm eine Pfanne aus dem Schrank für die Kochutensilien. Er drehte den Herd an, gab Butter in die Pfanne und wartete, bis sich die Butter erhitzt hatte. Dann nahm er aus dem Kühlschrank ein weiteres Ei aus der Schachtel, die er während seiner Fahrradtour in einem Bauernladen gekauft hatte, schlug es auf und gab es in die Pfanne. Der Gedenkstein des Schriftstellers hatte auf ihn am heutigen Tag wieder anders gewirkt als zuvor. Meinolf überlegte, wie oft er sich diesen Gedenkstein schon angesehen hatte und wie oft er Unterschiedliches dabei empfunden hatte. Dieser Gedenkstein war wie ein Chamäleon, nein, das war der falsche Begriff, Chamäleon war nicht richtig, der Gedenkstein war für ihn ein Enigma. Aber vielleicht sollte es ja auch so sein. Der Gedenkstein war von einem Bildhauer geschaffen worden, der sich mit dem Schriftsteller auseinandergesetzt hatte, aber eben auf seine Weise. Wahrscheinlich hatte er dem Werk dieses Schriftstellers etwas Ebenbürtiges entgegensetzen wollen, um ihn zu ehren. Und der Schriftsteller? Der hatte neben der Handlung und der sprachlichen Ausgestaltung des Themas auch noch irgendeine persönliche Botschaft von sich zwischen den Zeilen verarbeitet, aber Meinolf war nicht in der Lage, diese zu formulieren – Noch nicht? das war die Frage.

Das Ei prasselte in der Pfanne. Meinolf stand auf, drehte den Herd ab, stellte die heiße Pfanne auf einer kalten Herdplatte ab und legte das Ei mit dem Pfannenmesser auf den Teller, von dem er gerade gegessen hatte. Eigentlich hätte ein Toast unter das Ei gehört, aber Meinolf hatte – in Gedanken – vergessen, einen weiteren Toast aus dem Kühlschrank zu nehmen. Er schnitt von dem Weißen neben dem Gelben ab. Sunny-Side-Up hieß die Zubereitungsweise für ein einfaches Spiegelei in den USA. Es war lange her, da war er zusammen mit Janine dort gewesen. In einem Frühstücksrestaurant hatte man sich anstellen müssen, die Plätze wurden zugewiesen. Es galt als unschicklich, beziehungsweise war es absolut verpönt, sich selbst einen Platz zu suchen. Als Meinolf gefragt worden war, wie er sein Ei wünsche, hatte er einfach aus Not die Fingerkuppen von Daumen und Zeigefinger aneinandergefügt und die Finger gekrümmt. Aber er war verstanden worden. „Ah, Sunny-Side-Up" hatte die Bedienung gesagt und gelacht und selbst Janine, die sich natürlich perfekt auf Englisch hatte unterhalten können, hatte verständnisvoll gelächelt. Dieses verständnisvolle Lächeln war im Lauf der Zeit verschwunden.

Meinolf hatte mit Messer und Gabel das Weiße des Eis um das Gelbe herum abgeschnitten und verzehrt, jetzt nahm er das Gelbe, dessen Mitte noch leicht flüssig war, auf die Gabel und steckte es sich auf einmal in den Mund. Langsam machte sich ein Sättigungsgefühl in ihm breit. Dieses Essen, verbunden mit den beiden Käsebroten vom Vortag, die er am heutigen Mittag verzehrt hatte, müsste eigentlich für den heutigen Tag reichen. Meinolf ließ die Fahrradtour noch einmal Revue passieren. Er war über Seedorf nach Dambeck gefahren, dann über Predölsau nach Wussegel. Hitzacker hatte er ausgelassen, wer weiß, wen er da hätte treffen können. Stattdessen war er zu der Bank am Strachauer Rad gefahren, die tatsächlich frei gewesen war. Er hatte dort in der Sonne gesessen und eigentlich nichts weiter getan, als in das Deichvorland zu blicken. Ein Greif war vorbeigekommen, aber den hatte Meinolf schon von früher her gekannt, es war ein Rotmilan, für den hatte er kein Fernglas nötig. Viele Vögel hatten gesungen, aber die Gesänge der Vögel waren für Meinolf noch ein unbeschriebenes Blatt, daran wollte er noch arbeiten. Nur wann? Meinolf stand auf und räumte Geschirr und Besteck in die Spülmaschine. Sie war noch nicht ganz voll, aber er drehte sie trotzdem an. Er blickte auf die Uhr: Es war später Nachmittag, er würde noch einmal zu Beyers herübergehen, um sich bei Frau Beyer für das Buch von Tom Pütz zu bedanken. Das Fahrrad hatte er zwar im Schuppen eingeschlossen, aber er könnte es jederzeit herausholen und noch eine kleine Runde drehen.

II

Meinolf schellte bei Beyers an. Er kannte zwar deren Gewohnheiten nicht, aber der Zeitpunkt schien günstig. Auch wenn die Beyers früh zu Abend aßen, war dafür noch nicht die Zeit. Die Tür öffnete sich und Herr Beyer-Moll stand in der Tür, wie so oft mit schwarzer Jeans und einem grünen Hemd. „Herr Schmitz, was kann ich für Sie tun?"

„Ich wollte mich", sagte Meinolf, „eigentlich bei Ihrer Frau noch einmal für das Buch bedanken, welches sie mir gebracht hat. Ich fürchte, ich war dazu heute Morgen noch nicht so recht in der Lage."

„Kein Problem." Heinfried Beyer-Moll lachte behaglich. „Es ist wichtig für uns, dass unsere Feriengäste sich wohlfühlen. Da darf man auch einmal eine halbe Stunde länger schlafen. Und Sie sollten die letzten Ferientage hier genießen."

Die letzten Ferientage. Diese Worte kamen für Meinolf überraschend. Richtig, es blieben ihm nur einige wenige Tage, die Abreise war quasi so vorgebucht wie die Anreise.

„Meine Frau ist gerade weg zum Einkaufen. Ich werde ihr Bescheid sagen, aber man sieht sich ja nahezu täglich." Er machte eine Pause. „Übrigens, meine Frau hat mir erzählt, dass Sie mit meinem letzten Bild etwas anfangen konnten. Vielen Dank dafür."

„Keine Ursache", sagte Meinolf. „ich war ganz ehrlich. Ich will jetzt aber gar nicht sagen, ein starkes Bild oder so ähnlich. Ich fand das Bild sehr bewegend. Ich kann sehr gut verstehen, dass man sich als Künstler unglaublich schwer tun kann, wenn man solch ein zwischenmenschliches Thema gestalten will. Es geht ja immerhin um die Beziehung zweier Menschen, egal, wie man Ihr Bild auch immer interpretiert."

Heinfried Beyer-Moll winkte ab. „Na, letztendlich ist das Bild fertig. Ich bin richtig stolz darauf. Aber ich würde es mir keinesfalls ins Wohnzimmer hängen."

„Warum nicht?" fragte Meinolf.

„Lassen wir das Merkantile einmal beiseite. Wenn ich im Wohnzimmer sitze, dann will ich da friedlich mit meiner Frau sitzen und mich nicht mit einem Paar auf der Wand herumplagen, das möglicherweise Stress mit sich hat." Heinfried Beyer-Moll wedelte abwehrend mit seiner Hand durch die Luft. „Aber ich möchte mich wirklich noch einmal bedanken."

„Für was?" fragte Meinolf.

Der Künstler wirkte etwas nachdenklich. „Sehen Sie, für einen Künstler ist es wichtig, dass er Rückmeldung hat. Man hat es natürlich mit der Zeit auch gelernt, zwischen positivem Larifari und echter Begeisterung oder Anteilnahme zu unterscheiden. Glauben Sie mir, es ist mir auf der anderen Seite aber lieber, wenn jemand zu mir sagt, dass das alles großer Scheiß ist, was ich gemalt habe, als wenn meine Bilder einfach totgeschwiegen werden. Das ist das Schlimmste für einen Künstler, um einmal diesen hochfahrenden Begriff zu benutzen, wenn man sich über ihn ausschweigt, so, als wäre das, was er täglich tut, nicht einmal der Erwähnung wert. Aber lassen wir das. Das Bild hängt jetzt in einer Galerie in Hamburg. Dort sitzt ein alter Freund von mir." Heinfried Beyer-Moll nannte einen Namen, der Meinolf nichts sagte. „Ich werde mir seine Überweisung ansehen, einen Haken daran machen und diesen Betrag für den Steuerberater in eine

Excel-Tabelle eintragen. Aber bald gehe ich an mein nächstes Bild."

„Wann?" fragte Meinolf.

„Wenn ich mich von diesem Bild erholt habe." Heinfried Beyer-Moll lachte jetzt wieder wie gewohnt.

„Ich hätte", sagte Meinolf, „noch eine Bitte. Sie haben doch einen Internet-Anschluss." Es passte nicht zu dem Gesprächsthema, aber es war ihm plötzlich wichtig geworden. „Ich war ja, wie Sie wahrscheinlich wissen, in zwei Veranstaltungen auf dem Musik-Festival in Hitzacker. Die dritte Veranstaltung, die Matinée habe ich allerdings geschwänzt. Das wäre mir zu viel geworden."

„Na klar." Herr Beyer-Moll nickte. „Da waren Sie auf den Karten von Frau Berenberg. Und einen Internet-Anschluss kann sogar ich benutzen."

„Da habe ich", führte Meinolf aus, „jemanden in der Pause kennengelernt. Sie können sich vorstellen, der übliche Small-Talk in den Pausen. Ein Mitglied aus einem Orchester, welches Klarinette und Bassklarinette spielt. Die Stadt heißt nach meiner Erinnerung Laurensberg. Wäre es möglich, dass Sie mal nachsähen? Nach dem Orchester und nach der Bassklarinette? Einfach interessenhalber?"

„Kein Problem. Sobald ich mehr weiß, gebe ich Ihnen Bescheid. Dr. Watson fängt dann mal mit der Recherche an." Heinfried Beyer-Moll schien in Meinolfs Bitte nichts Absonderliches zu finden.

Meinolf hob eine Hand. „Vielen Dank und grüßen Sie Ihre Frau."

Der Künstler hob gleichfalls eine Hand. „Schönen Abend." Dann schloss er die Tür.

Meinolf ging zu seiner Ferienwohnung. Als er die Wohnungstür aufschloss, fragte er sich, ob er mit seiner

Bitte nach der Internet-Recherche nicht zu viel von sich herausgelassen hatte. Aber er hatte seine Bitte ja völlig neutral und harmlos formuliert, da hätte man nichts Spezifisches heraushören können. Er blickte gegen den Himmel. Auch wenn Regen angesagt war, das Wetter war stabil, das Hungergefühl völlig gestillt, was spräche gegen eine kleine Runde mit dem Fahrrad zu der alten Eisenbahnbrücke? Er müsste noch ein wenig umpacken und das Fahrrad aus dem Schuppen holen, aber das wäre kein Aufwand. Er sollte nur nicht vergessen, am Abend noch die Spülmaschine auszuladen.

III

Meinolf nahm die Brötchentüte vom Haken neben der Wohnungstür. Neben den Brötchen steckte ein Blatt Papier. Ein Instrument, das einem Saxophon ähnelte, war darauf abgebildet. Das Instrument war mit einem Andreaskreuz durchgestrichen. Meinolf las: „Laurensberg ist ein Stadtteil von Aachen. Kein Orchester, keine Bassklarinette. Sorry, HBM." Meinolf legte Heinfried Beyer-Molls Schreiben auf die Fensterbank und die Tüte mit den zwei Brötchen auf den Tisch. Dann deckte er den Tisch vollständig. Es war kurz nach Acht und das Wetter schien stabil zu sein; es war zwar nicht gerade sonnig, aber trocken, warm und windstill. Erst einmal frühstücken und dann eine Runde mit dem Fahrrad, das wäre nicht schlecht. In Rüterberg, direkt gegenüber Damnatz an der Elbe gelegen, war er diesmal noch nicht gewesen. Dort gab es einen Aussichtsturm mit einem schönen Blick über das Elbvorland. Nein, es war wirklich kein schöner Anblick gewesen, wie die Frau mit den aufgesprungenen Lippen auf dem Rondell vor dem Konzerthaus mit Tränen in den Augen vor ihm gestanden hatte. Ein Wort des Verstehens oder wenigstens etwas Neutrales aus seinem Munde wäre in dieser Situation sicherlich angebracht gewesen. Wie hatten doch die Augen dieser Frau noch kurz zuvor geleuchtet, als sie von dem Hammerflügel erzählte!

Meinolf schnitt sein zweites Brötchen auf und belegte es. Was nützte es Ihm, wenn er wüsste, in welchem Orchester diese Frau spielte? Er hätte eine einzige Information mehr, aber davon bekäme er dieses traurige Gesicht auch nicht aus dem Kopf. Er stand auf. Auf das Brötchen hatte er keinen Appetit mehr. Er klappte es zusammen. Auf der einen Hälfte Käse, auf der anderen Salami, das legten sich andere immer zusammen auf ein Brot oder ein Brötchen. Gut, dass er seine Vollkornbrote noch nicht bereitet hatte. Ein hartes Ei, ein Brötchen, Tee und Mineralwasser, für heute würde das reichen. Er trank im Stehen seinen Kaffee aus, dann packte er seine Sachen zusammen.

Die Tür zum Wäschehaus stand offen. Meinolf, eigentlich auf dem Weg zum Fahrradschuppen, ging dorthin, sein Gepäck an den Händen, stellte Packtasche und Lenkerrucksack auf dem Boden ab und klopfte an die Tür.
„Kommen Sie rein." Frau Beyer saß an der Mangel. Sie ließ das Handtuch, welches sich gerade in der Mangel befand, durchlaufen und hängte es zum Abkühlen auf eine waagerechte Stange. Dann arretierte sie das Gerät, stellte es aus und erhob sich. „Ich habe etwas für Sie. Haben Sie einen Moment Zeit?"
„Sicher", sagte Meinolf, „ich bringe nur eben mein Gepäck in die Wohnung, da steht es sicherer."
„Stellen Sie die Sachen doch neben den Tisch", meinte Frau Beyer und zeigte auf die Gartenmöbel, die sich vor der Tür der Ferienwohnung befanden, „da können wir uns hinsetzen. Ich hole eben das, was ich Ihnen zeigen will."

„Stellen Sie sich vor, Tom Pütz ist eine Frau", führte Frau Beyer aus. „Sie war mal eine hochdekorierte Juristin, die schon immer gern neben dem Beruf geschrieben hat. Nach privaten Schicksalsschlägen ist sie dann, wie sie erzählte, noch einmal völlig neu aufgebrochen. Sie hat sich die Haare kurz schneiden und leuchtend rot färben lassen, eine neue Lesebrille gekauft, ihren Beruf an den Nagel gehängt und beschlossen, koste, was es wolle, vom Schreiben zu leben. In dieser Reihenfolge, hat sie gesagt." Frau Beyer schien beeindruckt, als sie darüber berichtete. „Am Anfang konnte sie noch vom Erlös Ihres Kanzleianteiles leben, aber später wurde die Luft für sie in finanzieller Hinsicht immer dünner. Sie hat aber durchgehalten. Können Sie sich vorstellen, dass zum Beispiel das vorliegende Buch von zwölf Verlagen abgelehnt worden ist, bevor dann dieser kleine Verlag es in seiner sogenannten gelben Reihe publiziert hat?" Meinolf schüttelte mit dem Kopf.

„Nur, wie Tom Pütz wirklich heißt, das haben wir nicht herausbekommen", fuhr Frau Beyer fort. „Aber das ist mir egal. Das Buch, das Tom Pütz geschrieben hat, ist entscheidend, und das ist richtig gut." Sie zog einen Zeitungsartikel aus einer Mappe. „Hier ist das Foto von der Lesung."

Meinolf betrachtete den Zeitungsartikel. Auf dem Foto war die Frau zu sehen, die Meinolf im Konzert gesehen hatte, die Frau mit den leuchtend roten Haaren über der Lesebrille. „Ich kenne Tom Pütz", sagte er. „Ich habe diese Frau im Konzert getroffen. Einmal saß sie neben mir und einmal mit mir in derselben Reihe. Wir haben uns über ein Ehepaar ausgetauscht, welches sich vor dem Konzert etwas beharkt hat. Sie schien mit mir einer Meinung zu sein."

„Wie klein die Welt doch ist", bemerkte Frau Beyer.

„Wer ist dieser Mann?" Meinolf wies auf einen Mann, der neben Tom Pütz stand, ein kleines, bebrilltes Männchen mit weißen Haaren, das der Autorin knapp bis zur Schulter reichte und ein gequältes Lächeln im Gesicht zeigte.

„Das ist der Verleger. Der war ganz schön fertig vom Bücherschleppen und vom Aufschneiden der Plastikfolien, in die Bücher eingeschweißt werden. Aber es hat sich auch für ihn gelohnt. Die gesamte Auflage ist vergriffen und eine Neuauflage ist schon im Druck. Aber das habe ich, glaube ich, schon erzählt."

„Es ist Tom Pütz und dem Verleger wirklich zu gönnen", sagte Meinolf. „Ich finde es mutig, wie diese Frau ihr Leben noch einmal völlig neu aufgestellt hat. Vom Schreiben, habe ich gehört, kann man nur in Ausnahmefällen leben." Er dachte daran, wie Kathrin ihm empfohlen hatte, das, was er tat, aufzuschreiben. Was hätte er schreiben sollen? Und wenn überhaupt ein Buch aus diesen ganzen Gedanken herausgekommen wäre, würde er einen Verleger finden? Und dann? In einem übervollen Saal vor Leuten zu lesen und hinterher stundenlang zu signieren – ein Horrorszenario. „Dass die Auflage vergriffen ist, haben Sie mir schon erzählt." Meinolf versuchte, in die Gegenwart zurückzukommen. Frau Beyer gab sich ja alle Mühe mit ihm. „Sie müssen mal unter Leute" oder etwas ähnliches hatte sie zu ihm gesagt, als sie ihm die Karten für das Festival gegeben hatte.

„Nur eines noch, dann bin ich fertig. Wissen Sie, wenn man die Plastikfolie um ein gebundenes Buch herum aufschneiden will, ist das einfach. Buchrücken und Buchseiten beschreiben ja jeweils einen Halbmond. Schneidet man mit der Schere an dem Halbmond ein, den die Buchseiten bilden, wird nichts beschädigt. Anders ist das bei einem eingeschweißten Taschenbuch. Das hat ja keine runden Stellen, das ist ein Quader. Bei dem muss man mit der Schere sehr aufpassen, sonst gibt es Riefen. Auch das habe ich bei der Lesung gelernt."

„Das wusste ich auch bisher noch nicht", meinte Meinolf. „Was man so alles bei einer Lesung mitbekommt. Oft steckt der Teufel ja im Detail."

„Herr Schmitz, ich will ja nicht indiskret werden. Sie müssen die Frage auch nicht beantworten. Ist der Schriftsteller, der hier in Damnatz begraben ist, vielleicht ein Verwandter von Ihnen?" Abrupt wechselte Frau Beyer das Thema. „Wissen Sie, wir leben hier auf dem Dorf. Da gibt es das, was man mit sozialer Kontrolle bezeichnet. Die ist hier recht ausgeprägt. Man hat mich angesprochen, Sie sind regelmäßig an dem Grab des Schriftstellers gesehen worden."

„Ich habe", antwortete Meinolf, „von diesem Schriftsteller etwas gelesen, ein Buch, das mich beeindruckt hat. Ich glaube nicht, dass ich alles verstanden habe, was darin stand. Und nicht selten habe ich vor dem Grab und dem Gedenkstein gestanden und mir Gedanken gemacht. Jetzt erst, also viel später, ist mir klargeworden, dass das zwei völlig verschiedene Sachen sind: Der Gedenkstein, der unglaublich viele Facetten und Interpretationsmöglichkeiten bietet, ist von einem Bildhauer gemacht worden, einem großen Künstler, der diesen Schriftsteller damit ehren wollte, eine Art Hommage von Künstler zu Künstler. Das ist die eine Sache. Die andere Sache ist der Schriftsteller. Bei dem komme ich nicht so recht weiter. Eines weiß ich aber: Über sein Grab und den Gedenkstein geht das nicht. Ich müsste besser noch einmal in dem Buch lesen."

„Das hört sich kompliziert an", sagte Frau Beyer nach einer Pause. „Was konkret suchen Sie denn bei dem Schriftsteller?"

„Halten Sie mich bitte nicht für verrückt", sagte Meinolf, „ich habe den Eindruck, dass dieser Schriftsteller hinter den ganzen Worten und Handlungssträngen sozusagen zwischen den Zeilen noch eine Botschaft von sich versteckt hat, also etwas ganz persönliches, das über den Text hinausgeht."

Frau Beyer wiegte ihren Kopf hin und her. „Das finde ich nicht verrückt. Wenn Sie empfinden, dass von diesem Buch ganz persönliche Schwingungen des Schriftstellers ausgehen, halte ich das für legitim. Nur sind solche Schwingungen nun einmal nicht in Worte zu fassen, weder vom Absender noch vom Adressaten."

„Danke, Frau Beyer", sagte Meinolf. Man konnte diese Frau, wenn sie am Bügelbrett oder an der Mangel saß, leicht unterschätzen. „So klar und so präzise habe ich das Problem bisher nicht sehen können. Vielen Dank nochmals."

„Keine Ursache", sagte Frau Beyer. „Den Zeitungsartikel habe ich übrigens doppelt. Wollen Sie dieses Exemplar haben?"

„Gern", sagte Meinolf, nahm den Zeitungsartikel in die Hand und ging ihn kurz durch. Bisher hatte er lediglich das Foto angesehen. „Das Geheimnis von Tom Pütz ist teilweise gelüftet", stand in der Überschrift. Meinolf überflog die Zeilen. Unter dem Artikel, der über die Lesung berichtete, war ein weiterer Artikel zu sehen, allerdings wesentlich kleiner als der vorige: „Ausklang des Festivals." Ein Foto ergänzte den Artikel über das Festival. Meinolf sah sich dieses Foto genauer an.

IV

Das Foto war im Grunde zu klein und wirkte deswegen ein wenig unscharf, aber die Frau war genau zu erkennen, die Frau mit den aufgesprungenen Lippen. Fast schüchtern stand sie in der Mitte des Bildes und um sie herum standen noch andere Menschen. Unter dem Bild war zu lesen „Die Dozenten des Festivals für die Instrumentalklassen". Meinolf las weiter, die Dozenten waren alle namentlich aufgeführt. Er las: „Dörte H... aus M..., Leiterin und Soloklarinettistin der Camerata Lorenzberga."

„Das ist sie", entfuhr es Meinolf ganz spontan, „das ist sie!"

„Wer ist wer?" Frau Beyer war ganz offenkundig irritiert.

„Das ist die Frau, die ich auf dem Festival getroffen habe." Meinolf versuchte, einen Gang herunterzuschalten, gleichzeitig aber gegenüber Frau Beyer einigermaßen logisch aus seinem emotionalen Ausbruch herauszukommen. „Frau Beyer, ich habe mit dieser Frau auf dem Festival einige Worte gewechselt. Wir haben uns über Musik unterhalten. Ich fürchte, ich habe mich nicht optimal verhalten. Ich habe diese Frau wohl mit Worten gekränkt oder verletzt, wie soll man es formulieren?"

Das war nur die halbe Wahrheit, aber Frau Beyer unterbrach ihn. „Sie sollen jemand mit Worten verletzt haben? Ausgerechnet Sie? Das kann ich mir nicht vorstellen. Da wird es sich um ein Riesen-Missverständnis handeln."

„Frau Beyer", sagte Meinolf abwiegelnd, „wie auch immer, ich würde mich bei dieser Frau gerne entschuldigen. Ich weiß aber nicht, wie ich das machen soll. Jetzt weiß ich endlich, wie die Frau mit vollem Namen heißt, aber das führt mich auch nicht weiter."

„Herr Schmitz", sprach Frau Beyer, fast Meinolf ins Wort fallend, „wenn ich das alles gewusst hätte. Ich dachte, Sie machten hier bei uns ganz entspannt Urlaub. Aber jetzt frage ich mich, ob es richtig war, Sie auf das Festival zu lotsen oder Ihnen das Buch von Tom Pütz in die Hand zu geben. Sie haben doch schon genug mit Ihren anderen Gedanken zu tun."

„Ist schon in Ordnung", sagte Meinolf. „Ich hätte auch nein sagen können. Immerhin bin ich ein erwachsener Mensch."

Frau Beyer stand auf. „Ich werde dann mal telefonieren. Ein Missverständnis kann man ausräumen. Ich kann Ihnen nichts versprechen, aber, Sie wissen ja, die soziale Kontrolle ist hier auf dem Land schon recht ausgeprägt." Sie lächelte.

„Danke." Meinolf stand gleichfalls auf.

„Ich werde Sie benachrichtigen", sagte Frau Beyer, „jetzt aber würde ich Ihnen vorschlagen, noch etwas herumzufahren und das Wetter auszunutzen. Morgen soll es regnen. Außerdem sind das Ihre letzten Urlaubstage. In der Wohnung sitzen können Sie auch zu Hause. Wo werden Sie denn heute hinfahren?"

„Ich denke, nach Rüterberg", sagte Meinolf.

„Das ist für eine Tages-Tour aber nicht sehr viel."

„Rüterberg, Wanderdüne, Mödlich, wer weiß. Ich werde die Gegend mit dem Fahrrad durchbummeln und hoffentlich ein wenig müde am späten Nachmittag wieder hier einlaufen."

„Die Erdbeerbecher in Gartow sind legendär", empfahl Frau Beyer. „Von hier aus sind es fünfundzwanzig Kilometer, über Rüterberg und Mödlich dürften es etwa zehn Kilometer mehr sein. Am wem sage ich das!"

„Eine gute Idee." Meinolf verabschiedete sich, nahm Packtasche und Lenkerrucksack und ging zum Fahrradschuppen.

Das Eiscafé in Gartow war um diese Zeit noch relativ leer. Meinolf hatte sich an einen Tisch im Freien gesetzt. Einerseits war das Wetter gut, andererseits hatte er von diesem Platz aus sein Fahrrad im Blick, das abgeschlossen in einem Fahrradständer neben der Straße stand. Die Packtasche hatte er neben sich gestellt, den Lenkerrucksack auf den Tisch vor sich. Aus diesem holte Meinolf Zigarettenpäckchen und Feuerzeug heraus und steckte sich eine Zigarette an. Hier draußen war das Rauchen erlaubt, das sah man an den Aschenbechern, die sich auf sämtlichen Tischen befanden. Es war seine dritte Zigarette an diesem Tag. Seine zweite Zigarette hatte er in Mödlich geraucht, wo er seine erste Pause gemacht hatte. Dort, auf der Bank gegenüber der Skulptur von Charon hatte er einen Becher Tee getrunken und sein mit Käse und Salami belegtes Brötchen verzehrt, danach das hartgekochte Ei mit einem zweiten Becher Tee. Der Besuch in Rüterberg gleich zu Beginn seiner Fahrradtour war schön gewesen, aber auch eindrucksvoll. Dort hatte man die Bewohner zu DDR-Zeiten abends hinter Zäunen und Drahtverhauen eingesperrt und erst morgens wieder herausgelassen. Meinolf hatte sich Informationstafeln und Reste dieser Anlagen angesehen. Später, hinter Mödlich, hatte er von Lenzen nach Pevestorf über die Elbe gesetzt und war erst am Elbdeich entlang und dann über die Eichenallee des

Elbholzes nach Gartow gelangt. Meinolf war in Gedanken. Ob Frau Beyer etwas herausgefunden hatte? Hatte sie auch noch ihren Mann eingespannt? Meinolf hätte gerne gewusst, für wie viel Gesprächsstoff er im Hause Beyer gerade sorgte, aber das musste ihm letztendlich gleichgültig sein. Er drückte die zu Ende gerauchte Zigarette im Aschenbecher aus.

„So, da bin ich wieder." Die Bedienung, ein Mann mit nach hinten gekämmten Haaren, die zu einem Zöpfchen zusammengebunden waren, schlank, vielleicht mittelalt, aber mit bereits ergrauten Schläfen, erschien mit einem Tablett. Er stellte einen Erdbeerbecher und eine Tasse Kaffee auf Meinolfs Tisch neben den Lenkerrucksack. „Lassen Sie sich es schmecken."
Meinolf stutzte. Das sollte er bestellt haben? Er wollte nichts sagen, es wäre wirklich peinlich gewesen, jetzt nachzufragen, ob er das wirklich bestellt hätte.
„Danke", sagte er. „Der Erdbeerbecher sieht wirklich gut aus."
„Exzellent werden Sie sagen, nachdem Sie ihn gegessen haben." Die Bedienung grinste. „Für diesen Erdbeerbecher kommen die Leute von weit her, sogar von Lenzen oder von Dömitz."
„Ich habe für diesen Erdbeerbecher fünfunddreißig Kilometer mit dem Fahrrad gemacht", sagte Meinolf.
„Respekt, der Herr, dann haben Sie sich ihn verdient. Ich trolle mich aber jetzt mal, sonst wird der Erdbeerbecher warm und der Kaffee kalt." Die Bedienung sah sich um. Neue Gäste waren gekommen.

Meinolf tat etwas Zucker in seine Kaffeetasse, rührte um und leerte sie zur Hälfte. Er nahm den Keks vom Tellerrand und verzehrte ihn. Dann nahm er den langen

Löffel, der neben dem Erdbeerbecher lag und begann, erst die Sahne, die obenauf lag, zu essen, danach eine Kugel Vanilleeis, danach einige Erdbeeren. Er versuchte, seine Bestellung zu rekapitulieren. Richtig, er hatte etwas bestellt und der Mann mit dem Zöpfchen hatte sich das auf einem kleinen Notizblock notiert. Nein, es war anders gewesen. Er hatte bestellt und der Mann hatte zurückgefragt: „Tasse oder Kännchen?" Erst dann hatte er sich alles notiert. Mit der Bestellung hatte alles seine Richtigkeit. Er, Meinolf, war nur in Gedanken gewesen. Meinolf aß den Erdbeerbecher zu Ende, dann trank er die Kaffeetasse leer. Eigentlich war es gut, auch einmal einen Erdbeerbecher bestellt zu haben. Der ältere Herr, der auf dem Weg nach Himbergen gewesen war, hatte in der Eisdiele von Hitzacker auch einen Erdbeerbecher bestellt. Wenn Beyers etwas herausgefunden hätten, könnte er damit auch etwas anfangen? Würde er damit auch etwas anfangen? Alles war Spekulation. Meinolf holte sein Portemonnaie aus dem Lenkerrucksack. Er winkte nach der Bedienung, indem er das Portemonnaie hochhob.

„Das macht dann sechs Euro siebzig", sagte der Mann mit dem Zöpfchen. „Habe ich zu viel versprochen?"
„Sieben", sagte Meinolf und nahm eine Zehn-Euro-Note aus dem Portemonnaie. „Exzellent war der richtige Ausdruck. Es hat sich gelohnt, hierhin geradelt zu sein." Er nahm das Wechselgeld in Empfang.
„Danke. Und wo fährt der Herr noch hin?" erkundigte sich die Bedienung.
„Nach Damnatz", antwortete Meinolf.
Der Mann mit dem Zöpfchen schien diesen Ort nicht zu kennen. „Wie weit?" fragte er.
„Etwa fünfundzwanzig Kilometer."

„Respekt, der Herr." Das hatte der Mann mit dem Zöpfchen schon einmal gesagt. Er schien abgelenkt, er war wohl dabei, abzuchecken, wie er eine Gruppe von sieben älteren Radfahrern in dem Eiscafé, das sich allmählich gefüllt hatte, am besten unterbringen konnte.

Meinolf stand auf, nahm Packtasche und Lenkerrucksack an die Hand und sprach denjenigen der Radfahrergruppe an, der ihm am nächsten stand. „Der Tisch ist jetzt frei."

„Das ist aber schön", hörte er noch, während er zum Fahrradständer ging.

V

Meinolf bog von der Straße auf das Grundstück des Hauses ab, in dem sich die Ferienwohnungen befanden. Er fühlte eine gewisse Aufgeregtheit in sich, er war sich nicht sicher, ob er eine Information von Beyers vorfände, welchen Inhaltes sie wäre und vor allen Dingen, was er dann damit anfinge. Schon mit der Rückfahrt von Gartow hatte er sich Zeit gelassen. Als er zwischen Grippel und Langendorf an dem großen Aussichtsturm vorbeigekommen war, war er dorthin abgebogen, hatte das Fahrrad am Fundament des Turmes abgestellt und diesen bestiegen, nur den Lenkerrucksack an der Hand und das Fernglas im Fahrradtrikot. Er hatte bewusst darauf verzichtet, sein Fahrrad abzuschließen, in dieser Gegend musste man nicht ständig sein Fahrrad abschließen, daran wollte er noch arbeiten. Vom Turm aus hatte er lange Zeit ohne spektakuläres Ergebnis beobachtet, aber dann war wie aus dem Nichts ein Seeadler aufgetaucht, dessen Flug er mit dem Fernglas verfolgen konnte. Der Adler hatte sich im Grunde nicht bewegt: Er schwebte und legte dabei doch eine riesige Distanz zurück. Langsam war er Meinolfs Blicken entschwunden, immer kleiner, zuletzt ein winziger Punkt am Himmel. Vom Turm wieder nach unten gelangt, hatte er im Vogelbuch nachgesehen: Es war ein adulter Vogel gewesen. Die weißen Schwanzfedern galten als untrügliches Zeichen.

Meinolf hielt vor der Tür seiner Ferienwohnung, der Orchidee. An der Tür klebte, sorgfältig von oben her zugeklappt, eine Plastikhülle und in dieser steckte ein Brief. Meinolf lehnte sein Fahrrad an dem Balken an, der die Überdachung über der Eingangstür stützte, nahm den Schlüssel aus seinem Lenkerrucksack und schloss die Tür auf. Er nahm Lenkerrucksack und Packtasche vom Fahrrad und trug sie in die Ferienwohnung. Dann schob er sein Fahrrad zum Schuppen und stellte es dort ab. Zurück in der Wohnung, lud er Lenkerrucksack und Packtasche aus und sortierte deren Inhalt dorthin, wo er hingehörte. Er goss noch aus der Thermoskanne die Reste des nicht getrunkenen Tees aus, spülte Kanne und Becher aus und stellte beides umgedreht in die Spüle, dann nahm er Zigarettenpäckchen und Feuerzeug, legte es vor sich auf den Tisch vor der Eingangstür und setzte sich auf einen Stuhl. Die Zigarette schon im Mund und das Feuerzeug in der Hand, legte er beides zurück auf den Tisch. Es ließ sich nicht vermeiden, irgendwann musste er den Briefumschlag öffnen, der da, in Folie eingehüllt, an der Tür klebte.

Meinolf stand auf und zog den Brief mit seiner Umhüllung von der Tür. Dann ging er in die Wohnung zurück und nahm ein Messer aus der Küchenschublade. Was auch immer in dem Brief stand, er wollte den Umschlag nicht mit dem Finger aufreißen und ihn dann später zerfleddert auf der Fensterbank liegen sehen. Meinolf legte das Messer neben den Zigaretten und dem Feuerzeug auf dem Tisch ab und nahm das gefaltete Blatt aus dem Umschlag. Er klappte es auf und las. Oben stand, mit Kugelschreiber geschrieben, eine Telefonnummer. Es war eine Handynummer, sie begann mit Null-Eins-Sieben-Drei. Das war wohl Frau Beyers Schrift. Darunter hatte Heinfried Beyer-Moll etwas mit Tusche angefügt: Meinolf sah das Bild eines Saxophon-ähnlichen Instrumentes, wenngleich auch etwas anders, als er es schon einmal gesehen hatte. Da hatte Herr Beyer-Moll wohl recherchiert, wie eine Bassklarinette wirklich aussah. Hinter dem Instrument stand ein Ausrufezeichen und darunter waren ein paar Noten zu sehen. Hinter den Noten stand: „Presto! Sie fährt übermorgen ab. Gruß HBM und bessere Hälfte."

Meinolf schüttelte den Kopf. Es war schon unglaublich, wie nett sich die Beyers ihm gegenüber verhielten. Eigentlich müsste sich er sich noch einmal bedanken, aber das konnte man nun einmal nicht ständig tun. Was sollte er weiter machen? Einfach das Handy nehmen und die Telefonnummer anrufen? Was sollte er sagen? Im Grunde wusste er nicht, wie er sich verhalten sollte. Er nahm sich die Zigarette, die vor ihm auf dem Tisch lag und zündete sie an. Er paffte ein paar Züge, dann bemühte er sich, diese Zigarette – es war die vierte an diesem Tag – wenigstens halbwegs anständig zu Ende zu rauchen. Er drückte die Kippe im Aschenbecher aus. Er sah auf die Uhr. Es war halb acht. Das war keine Zeit, um jemanden anzurufen, der vielleicht beim Abendessen saß.

Meinolf nahm das Schreiben von Beyers und trug es in die Wohnung. Er suchte auf der Fensterbank nach einem Kugelschreiber. Dieses Schreiben konnte man nicht in ein Portemonnaie stecken, dafür war es zu schade, aber die Telefonnummer wollte er sich unbedingt noch einmal abschreiben, die durfte nicht abhandenkommen. Er überlegte, wohin er die Telefonnummer, besser gesagt, die Handy-Nummer, hinschreiben sollte. Er nahm das Buch von Tom Pütz in die Hand und schlug es auf. Die letzte Seite war leer, dort hätte man die Nummer hineinschreiben können. Aber einfach eine Seite aus diesem Buch mit einer persönlichen Widmung, auch wenn es eine Leerseite war, herausreißen, das ging wirklich nicht. Meinolf legte das Buch auf die Fensterbank zurück. Der Gutschein, den er auf der Autobahntoilette bekommen hatte, fiel ihm ins Auge. Er nahm ihn und übertrug die Telefonnummer auf dessen Rückseite, sorgfältig darauf achtend, keinen Fehler zu machen. Er überprüfte sie noch einmal, dann steckte er den Gutschein in sein Portemonnaie. Er suchte im Flur nach seinen leichten Wanderschuhen. Ein Spaziergang im Deichvorland täte wirklich not.

VI

Es regnete. Meinolf hörte, wie die Tropfen vor die Fensterscheiben schlugen. Er war aufgewacht, vielleicht war es auch der Regen, der ihn geweckt hatte. Er sah auf die Uhr. Schon nach Acht! Meinolf erhob sich langsam und streckte sich. Mit einer Regenhose und einem Schirm könnte er es wagen, ein wenig spazieren zu gehen, eine Fahrradtour dagegen erschien ihm bei diesem Wetter wenig reizvoll. Meinolf stieg die Treppe herunter, ging ins Wohnzimmer und schaltete den Fernseher ein. Der Bildschirmtext versprach für diesen Tag am Vormittag anhaltenden Regen, ab dem Nachmittag aber einen Sonne-Wolken-Mix ohne Regenfälle. Sonne-Wolken-Mix, was für ein Neuwort! War dieses Stakkato von Wörtern ein Begriff oder eine Bezeichnung? Davon einmal abgesehen, wie wenig melodiös war doch diese Aneinanderreihung von Substantiven. Ganz anders war doch die Musik Schuberts. Meinolf musste an den Konzertabend in Hitzacker denken. Da waren Akkorde gekommen, die auf ihn grell und unbarmherzig gewirkt hatten, aber auf einmal, scheinbar übergangslos, hatten sich Passagen angeschlossen, die so schön, so innig und so versöhnlich waren, dass er hätte weinen können. Er schaltete den Fernseher aus und ging zum Badezimmer. Er musste noch duschen, am Vorabend hatte er sich dazu nicht die Zeit genommen.

Die Brötchen waren anders als sonst. Normalerweise hatte er zum Frühstück immer normale Brötchen bekommen, diejenigen, die man in Berlin als Schrippen bezeichnete. Jetzt hielt er ein Exemplar in der Hand, welches man in Hamburg als Rundstück bezeichnet hätte. Meinolf sah sich die Brötchen-Tüte an: Richtig, es handelte sich um eine andere Bäckerei als sonst. Möglicherweise war die Bäckerei, in der einer der Beyers sonst kaufte, nicht beliefert worden. Meinolf legte das Brötchen aus der Hand, griff nach dem Blatt mit der Handy-Nummer und der Zeichnung von HBM und studierte es. Am Vortag hatte sich in ihm wieder diese alte Unruhe, dieses Rappelige, breit gemacht, das er überwunden zu haben glaubte, doch das schien heute vorbei. Ganz spontan nahm er sein Handy von der Ladestation und tippte die Handy-Nummer ein und ging, während er die grüne Taste bediente, in die obere Etage. Da war ein besserer Empfang als unten zu erwarten.

„Ja bitte." Es schien die Stimme von der Frau zu sein, die Meinolf auf dem Festival getroffen hatte, aber ganz sicher war er sich nicht.

„Hier ist Meinolf, Meinolf Schmitz. Spreche ich mit Dörte, der Frau mit der Bassklarinette?"

„Das ist richtig", hörte er.

„Wir haben uns auf dem Festival getroffen."

„Ja, ich weiß."

„Störe ich Sie im Augenblick?"

„Ich packe zwar gerade, aber ich kann auch später weitermachen."

„Ich habe etwas auf dem Herzen", sagte Meinolf. „Ich möchte mich entschuldigen. Ich habe mich auf dem Festival nach dem Schubert-Abend so kalt und abweisend benommen. Ich wollte Ihnen sagen, dass es mir leid tut." Meinolf wunderte sich darüber, wie gut er diese Sätze herausgebracht hatte.

„Sie waren konsequent", sagte die Frau. „Sie haben eine Linie gehabt, hinter die Sie nicht zurückgehen konnten."

„Das mag alles stimmen", sagte Meinolf, „aber wenn ich ehrlich bin, habe ich mich danach scheußlich gefühlt."

Meinolf hörte, wie die Frau lachte, aber es klang nicht gezwungen. Dann trat eine Pause ein. „Sind Sie noch dran?" fragte er.

„Ja", kam die Antwort und dann: „Vor einigen Tagen habe ich versucht, wieder auf der Bassklarinette zu spielen. Es geht wieder, noch nicht gut, aber es geht. Ich habe Mozarts Klarinetten-Konzert auf der Bassklarinette gespielt, ganz für mich, die Orchester-Begleitung im Kopf. Es war unglaublich schön." Wieder trat eine Pause ein. Meinolf wartete. Dann sprach die Frau weiter: „Als ich den Mittelsatz spielte, habe ich an Sie denken müssen."

„Oh", entfuhr es Meinolf, „das überrascht mich. Hoffentlich war es nicht kafkaesk."

„Überhaupt nicht", kam es aus dem Handy. „Sie passen sehr gut zu diesem Satz, besser gesagt, in diesen Satz. Aber das kann ich nicht in Worte fassen." Die Frau summte die Melodie, die Mozart für die Klarinette geschrieben hatte.

„Schön", sagte Meinolf, als die gesummte Musik geendet hatte, „wirklich schön."

„Ja", hörte er.

„Haben Sie heute noch Zeit?" rutschte es aus Meinolf heraus, es kam ganz spontan.

„Ja."

„Können wir uns treffen?"

„Ja."

„In Hitzacker am Marktplatz gibt es eine Eisdiele", sagte Meinolf, „dorthin würde ich Sie gerne einladen."

„Wann?"

„Für ein Eis ist es noch ein bisschen zu früh", meinte Meinolf, „aber Eis kann man eigentlich immer essen. Wissen Sie was, ich ziehe mich jetzt kurz um, ich habe nämlich noch Sachen zum Wandern an, setze mich dann einfach in mein Auto und fahre los. In einer Stunde kann ich in Hitzacker sein. Wäre das recht?"

„Ich werde da sein. Ich freue mich", hörte Meinolf noch, dann war das Gespräch unterbrochen.

Meinolf blickte an sich herunter. Warum sollte er sich noch umziehen? Die Wanderhose, die er anhatte, war relativ sauber und in ihre zahlreichen Taschen passten Portemonnaie, Papiere, Zigaretten, Feuerzeug, Schlüssel und Handy vollständig hinein. Eilig steckte er die Utensilien in die Taschen der Hose und rekapitulierte kurz – alles schien an Bord zu sein. Jetzt noch in die Straßenschuhe und in den Anorak, dann konnte es losgehen. Meinolf ging die Treppe herunter. Er sah den gedeckten Frühstückstisch, nahm nur den Aufschnitt und legte ihn in den Kühlschrank. Der Rest konnte warten. Die Melodie von Mozarts Klarinetten-Konzert kam ihm in den Kopf. Weiß der Henker, was da bei ihm alles verschüttet gewesen war. Wie viel davon hatte er sich selbst zugeschüttet? Er schloss die Wohnungstür ab und ging zu seinem Auto. Er sah Frau Beyer, einen Regenschirm in der Hand, wohl auf dem Rückweg von der Mülltonne. Er winkte ihr, sie winkte zurück. Als sie Anstalten machte, die Richtung zu wechseln und auf ihn zukam, zeigte er mit dem Zeigefinger auf seine Uhr. Sie nickte, verzog das Gesicht zu einem Lächeln und hob noch einmal ihre Hand. Sie schien etwas zu sagen, aber das konnte Meinolf bei dem Regen, der immer noch vom Himmel fiel, nicht hören.

Meinolf startete den Wagen und stellte Licht, Scheibenwischer und Gebläse an. Er wartete darauf, dass die beschlagenen Scheiben wieder klar wurden, aber das dauerte ihm zu lange. Er half mit der Hand solange nach, bis er losfahren konnte. Als das Ortsausgangsschild von Damnatz passiert war, stellte er das Radio an. Fetzige Musik kam, nichts für ihn. Er drückte die Seek-Taste. Wie weiche ich meinen Dinkel am besten ein? Seek. Sport im Norden. Arminia Hannover hat einen neuen Trainer. Seek. Klassische Musik erklang, ein Klavierkonzert von Mozart, Meinolf kannte es. Um Gottes Willen, was war ihm doch in den letzten Jahren entgangen! Am Forsthaus Seybruch wartete er, bis er nach rechts in die Bundesstraße einbiegen konnte. Er beschleunigte nur mäßig, weil kurz danach ein Starenkasten versteckt war. Tempo fünfzig war hier zwingend vorgeschrieben. Der zweite Satz des Klavierkonzertes hatte eingesetzt und das Klavier spielte die Melodie, vom Orchester nur in ganz zarten Triolen begleitet, eine Melodie, die sich in die Höhe schwang, wieder zurückkehrte, um sich erneut in die Höhe zu schwingen. Tempo siebzig kam und Meinolf beschleunigte ein wenig. Wie von einem anderen Stern erklang die Musik. Es war schön, jetzt auf dem Weg nach Hitzacker zu sein und es war schön, mit einem so guten Gefühl zu fahren. Ein rotes Licht auf einer Polizeikelle irritierte Meinolf. Er verlangsamte sein Tempo. Eine Polizeistreife winkte ihn von der Straße und wies ihm den Weg zu dem großen Parkplatz neben der Tankstelle der Genossenschaft.

Epilog

An einem neutralen, gar nicht wie ein Polizeiwagen aussehenden VW-Bully war eine Plane als Regenschutz befestigt. Meinolf hielt vor dieser Plane. Ein älterer Polizist stand darunter. Er sah missgestimmt aus, kein Wunder bei dem Wetter. Meinolf öffnete das Fenster. „Polizeikontrolle, Ihre Papiere bitte." Meinolf drehte das Radio aus, stellte den Wagen aus und versuchte, in den Taschen seiner Wanderhose den Führerschein und den Kraftfahrzeugschein zu finden. Er gelang ihm nicht. Er stieg aus und stellte sich zu dem Polizisten unter die Plane. „Kleinen Moment. Ich habe die Papiere in irgendeiner Hosentasche. Da komme ich am besten im Stehen ran."

„Nur zu", sagte der ältere Polizist, „Sie wissen wahrscheinlich, dass Sie zu schnell gefahren sind."

„Nein", sagte Meinolf und fand schließlich die beiden Papiere. Er reichte sie dem Polizisten. Er kannte diesen Beamten. Der hatte ihn, gemeinsam mit der jungen, schwarzhaarigen Polizistin mit dem Pferdeschwanz, schon auf der Hinfahrt beim Forsthaus Seybruch kontrolliert. „Es kann aber nicht sehr schnell gewesen sein."

„Wo siebzig ist, ist siebzig und nicht fünfundsiebzig", knurrte der Beamte. Er hatte die Papiere studiert und alles mit einem Lesegerät abgeglichen. „Bitte sehr, Herr Schmitz." Er gab Meinolf die Papiere zurück, die Meinolf in seinem Portemonnaie verstaute und es dann in die Hose zurücksteckte. Zum ersten Mal sah er Meinolf in das Gesicht. „Habe ich Sie nicht schon einmal kontrolliert? Ihr Gesicht kommt mir bekannt vor."

Die Tür von dem Bully öffnete sich. Die junge Polizistin mit dem schwarzen Pferdeschwanz kam heraus. Meinolf warf einen Blick in den Wagen. Von innen sah er wie ein Kommandostand aus, vollgepackt mit elektronischen Geräten.

„Das ist doch der Herr Schmitz aus unserer Feldstudie, ja, welche Überraschung."

„Herr Schmitz ist zu schnell gefahren", sagte der ältere Polizist.

„Ich habe die Fotos gesehen. In der Tat, fünfundsiebzig statt siebzig. Herr Schmitz, ich ermahne Sie jetzt. Fahren Sie bitte in Zukunft vorschriftsmäßig." Die junge Polizistin gab sich Mühe, ernst zu bleiben.

„Wie war die Feldstudie?" fragte Meinolf, während eine Melodie, die er gehört hatte, noch in seinen Ohr war. War es das Klarinetten-Konzert oder das Klavier-Konzert?

„Ein voller Erfolg." Die Polizistin lächelte freundlich. Dass sie jetzt Dienstgruppenleiterin war und einen Stern mehr auf den Schulterklappen ihrer Uniform trug, wollte sie nicht sagen. Stattdessen fügte sie hinzu. „Wir danken Ihnen natürlich sehr für Ihre Mitarbeit. Es hat uns weitergeholfen. Wir haben einige neue Erkenntnisse gewonnen."

„Wo geht es denn noch hin?" Der ältere Polizist wollte auch seinen Beitrag an einem sogenannten deeskalierenden Gespräch leisten.

„Nach Hitzacker", sagte Meinolf. „Sie wissen, das Festival. Das ist zwar schon seit einigen Tagen zu Ende, aber wir müssen es noch nachbereiten. Heute ein Treffen mit der Bassklarinette und dann, mal sehen."

„Dann wünschen wir viel Erfolg." Die junge Polizistin schloss das Gespräch. „Und gute Fahrt."

„Ich bin zuversichtlich," Es war das Klarinetten-Konzert von Mozart, das jetzt in Meinolfs Ohren war, „eigentlich sehr zuversichtlich." Er lächelte, dann stieg er in seinen Wagen und fuhr los.

„Ich will Dir mal etwas zeigen." Die junge Polizistin zupfte ihren älteren Kollegen am Ärmel und lotste ihn in das Innere des Bullys, der wie ein Kommandostand eingerichtet war. „Guck mal das Foto von diesem Herrn Schmitz an. Kannst Du Dich noch an diesen Menschen erinnern, wie er aussah, als wir ihn auf der Hinfahrt kontrolliert haben?"

„Das kann ich wohl gut." Der ältere Polizist lachte. „Dieser genervte Typ in dem Kleinwagen, der in Damnatz Urlaub machen wollte." Er blickte auf das Foto. „Wie zufrieden er doch auf diesem Foto aussieht, fast glücklich. Ich hätte nicht gedacht, dass man in dieser Gegend einen so schönen und entspannenden Urlaub verbringen kann."